新潮文庫

悲しみよ　こんにちは

サ　ガ　ン
河野万里子訳

新潮社版

8566

悲しみよ　こんにちは

悲しみよ　さようなら
悲しみよ　こんにちは
おまえは天井のすじにも刻まれている
ぼくが愛する瞳《ひとみ》のなかにも刻まれている
おまえはみじめさというわけではない
このうえなく貧しいくちびるにも　おまえは浮かぶのだから
ほほえみとなって
悲しみよ　こんにちは
快い肉体を重ねる愛
その愛の力
いとしさは突然

体のない怪物のようにわきあがる
望みを失った顔
悲しみ　美しい相貌《そうぼう》よ

ポール・エリュアール
「今ここにある生」より

第一部

第一章

ものうさと甘さが胸から離れないこの見知らぬ感情に、悲しみという重々しくも美しい名前をつけるのを、わたしはためらう。その感情はあまりに完全、あまりにエゴイスティックで、恥じたくなるほどだが、悲しみというのは、わたしには敬うべきものに思われるからだ。悲しみ——それを、わたしは身にしみて感じたことがなかった。ものうさ、後悔、ごくたまに良心の呵責《かしゃく》。感じていたのはそんなものだけ。でも今は、なにかが絹のようになめらかに、まとわりつくように、わたしを覆《おお》う。そうしてわたしを、人々から引き離す。

あの夏、わたしは十七歳で、文句なく幸せだった。ほかには父と、その愛人のエルザがいた。この状況は誤解を招くかもしれないから、ここですぐ説明しておきたい。父は四十歳で、母が亡《な》くなってから十五年たっていたのだ。しかも若々しく、活力と能力にあふれていた。おかげでわたしはその二年前、学校の寮を出たときに、父が女の人と暮すのを理解しないわけにいかなかった。六か月ごとに相手を替えることには、慣れるのに少し時間がかかったけれど！

それでもじきに、父の魅力や新しい生活の気楽さや、わたし自身の性質もあって、平気になっていった。父はいわゆる軽い性格で、恋愛に器用、好奇心が強くて飽きっぽく、女性にもてた。わたしにしても、ごく自然に父を愛していた。それも心から。やさしくて包容力があり、陽気で、わたしにあふれるような愛情をそそいでくれる。これ以上の友だち、一緒にいておもしろい友だちは、ほかに考えられなかった。

というわけで、あの夏のはじめ、父は、そのころの愛人エルザをヴァカンスに連れていってもいやではないかと、わたしに聞いてくれたほどだったのだ。「いやなわけないじゃない」と、わたしは笑顔で応じることしかできなかった。父に女性が必要なことは、わかっていたから。それにエルザなら、わたしたちをうんざりさせることもないはず。背が高くて赤毛の、社交的ともいかがわしいともいえる女性で、端役《はやく》の女優としてテレビや映画のスタジオとか、シャンゼリゼのバーなどに出入りしている。やさしく、かなり単純で、見栄《みえ》を張るようなところもない。

だいいち父もわたしも、ヴァカンスにでかけるのがうれしくてならず、何ごとであれ反対するような気分ではなかった。父は地中海のほとりに、大きな白い別荘を借りてくれていた。一軒だけ離れて建つすてきな別荘で、はじめて夏の暑さを感じた六月以来、わたしたちはずっとそこを夢見ていたのだ。海を見おろす岬にあり、周囲の松林のおかげで、街道からは見えない。そして急な坂道を下りていくと、赤茶色の岩々に囲まれた小さな輝く入り江に出る。そのむこうに、海が揺れている。

着いてすぐの毎日は、まばゆいばかりだった。わたしたちは暑さでぐったりしながらも、何時間も浜辺で過ごし、少しずつ健康な小麦色に日焼けしていった。ただエルザだけは肌が赤くなり、皮がむけて、ひどく痛がった。父は、最近出てきたお腹《なか》を引っこめようと、複雑に脚を動かす体操をしていた。お腹の出たドンファンなんて、ありえないから。

わたしは明け方から海に行き、ひんやり透きとおった水にもぐって、荒っぽい泳ぎで体を疲れさせ、パリでのあらゆる埃《ほこり》と暗い影を洗い流そうとした。砂浜に寝ころび、砂をつかんで、指のあいだから黄色っぽくやさしいひとすじがこぼれ落ちていくにまかせ、〈砂は時間みたいに逃げていく〉と思ったり、〈それは安易な考えだ〉と思ったり、〈安易な考えは楽しい〉と思ったりした。なんといっても夏だった。

六日目、はじめてシリルに会った。彼は海岸に沿ってヨットを走らせていたが、わたしたちの入り江の前で転覆した。わたしは、散らばった彼の持ち物を拾うのを手伝い、一緒に大笑いしているうちに、彼がシリルという名前であること、法律を専攻している学生であること、となりの別荘で母親とヴァカンスを過ごしていることを知った。ラテン系の顔だちで、濃い褐色の肌をしており、自由なおおらかさのなかにもどこか落ち着きがあって、人を守りつつむようなところがあるのも、いいなと思った。

これまでわたしは、乱暴で自分のこと、特に自分の若さのことばかり考えては、そこに悲劇のテーマを見いだしたり、自分の悩みの口実を作ったりするような大学生たちを避けてきた。そもそもわたしは、若い男の人が好きではなかった。それより、礼儀と思いやりをもって話しかけてくれ、父親や愛人のようなやさしさを示してくれる父の友人たち、四十代の男の人たちのほうが、ずっと好きだった。でもシリルは、いい感じだった。背が高くて、ときに美しく、それも信頼感を抱かせるような美しさを見せる。父には醜さに対する嫌悪《けんお》感があるため、わたしたちは、よく愚かな連中ともつきあうはめになっていた。わたしにはそうした嫌悪感はなかったものの、外見上の魅力がまったくない人の前では、なんとなく気まずく感じて、どうすればいいのかわからなくなる。気に入られるのをあきらめている様子が、体が不自由で投げやりになっている人のように思えてしまうのだ。気に入られること以外、わたしたちはなにを求めているというのだろう？　わたしには、まだわからない。人の心を勝ち取りたいというこの気持ちの裏にあるのが、旺盛《おうせい》すぎる生命力や支配欲といったものなのか、それとも、自分自身について安心したいという、ひそかな、ことばにはされなくとも絶えることのない欲求なのか。

シリルは別れぎわに、今度ヨットの乗り方を教えてあげようと言った。わたしはそのことで頭がいっぱいになって、夕食には帰ったが、食卓での会話に参加しなかった。というか、参加しないも同然だった。それで父が妙に落ち着かないのにも、ほとんど気がつかなかった。

夕食が終わると、いつものように、わたしたちはテラスのひじ掛けいすに体をあずけた。夜空には星がちりばめられている。見つめながらわたしは、季節が早まって、流星が尾を引きながら飛びかいはじめればいいのにと、ぼんやり思った。でもまだ七月のはじめだ。星々は動かない。テラスの砂利のあたりでは、コオロギが鳴いている。きっとたくさんいるのだろう。暑さと月に酔いしれて、夜どおし、おかしな声で鳴く。あれはさやばねを互いにこすり合わせているだけだというが、わたしは、のどから響いている本能的な歌だと信じたい。恋の季節のネコの歌のように。

気持ちのいい宵《よい》だった。素肌とシャツブラウスのあいだにこまかな砂粒があるせいで、やさしく襲ってくる眠気にも負けてしまわずにいられる。そのときだ。父が咳《せき》ばらいをして、デッキチェアの上に身を起こした。

「新しく来る人がいてね」父は言った。

わたしは息を飲む思いで、目を閉じた。わたしたちはこんなに平和だったのに、やはりそれは長続きしないことだったのか！

「誰なの、早く言って」エルザが声を張り上げた。社交界のこととなると、目の色が変わる。

「アンヌ・ラルセンだ」父はそう言うと、わたしのほうを向いた。

わたしは父を見つめた。驚きのあまり、どう応じていいかわからなかった。

「今度のコレクションで疲れがたまっているなら、こっちに来ないかと言ったんだ。そうしたら……来るということで」

思いもよらないことだった。アンヌ・ラルセンは、亡くなったわたしの母の旧友で、父とはほとんどつきあいがなかった。だが二年前、わたしが寮を出たとき、父は困った末に、わたしを彼女のもとへやったのだ。一週間で、彼女はわたしにセンスのいい服をそろえてくれ、生活のしかたを教えてくれた。わたしはアンヌに熱烈なあこがれを抱くようになったが、彼女はそれをじょうずに、彼女の周囲にいた若い男の子に向けさせた。つまり、はじめておしゃれを教えてくれたのも、恋のときめきを味わわせてくれたのもアンヌで、わたしはとても感謝している。

　今、彼女は四十二歳。とにかく魅力的で人気があって、誇り高くもうっすら疲れの漂う、超然とした美しい顔だちの女性だ。強いて欠点を探すなら、唯一《ゆいいつ》、この超然としている点だろう。愛想はいいが、どこか取りつく島がない。その揺るぎない意志と、人を気おくれさせるような心の静けさが、あらゆるところに表れている。離婚していて自由だが、愛人がいるといううわさもない。もっとも、わたしたちとは交際範囲がちがう。アンヌがつきあうのは上品で理知的で、慎み深い人たち。一方わたしたちがつきあうのは、騒々しいお酒飲みたちで、父はただ美しさやおもしろさを求めている。だから彼女は、父とわたしを、多少ばかにしていたのではないかと思う。わたしたちは、気晴らしやくだらないことばかりしていたし、アンヌはなんであれ、度を越したことを軽蔑《けいべつ》していたから。

　アンヌとわたしたちを結びつけていたのは、仕事の関係のディナーや——彼女は服飾の、父は広告の仕事をしている——母の思い出や、わたしの努力だけだった。たとえ気おくれしようと、わたしは彼女をすばらしいと思っていた。だが、いずれにしても、突然のこの来訪は、エルザがいることや、教育についてのアンヌの意見を考えると、間《ま》が悪いように感じられた。

エルザは、アンヌの社会的な地位についてさんざん質問したあげく、二階に寝に行ってしまった。わたしは父とふたりきりになった。そこで父の足もとの石段に行って、すわった。父は身をかがめて、わたしの肩に両手を置いた。

「どうしてこんなにやせっぽちなんだ？　人に慣れない小さなネコみたいだぞ。僕は金髪でちょっとふっくらした、きれいな娘がいいんだがなあ。磁器のような目をした……」

「そんな話じゃなくて」わたしは言った。「どうしてアンヌを呼んだの？　それにどうして彼女も承知したの？」

「おまえの老いぼれパパに会うため、だろう。わからんけどな」

「パパはアンヌが興味を抱くタイプじゃないでしょ。あの人は理知的すぎるし、プライドが高すぎる。それにエルザは？　エルザのことは考えた？　アンヌとエルザの会話、想像できる？　わたしはできない！」

「それは考えなかったな」父は認めた。「たしかにひどいことになる。セシル、それじゃあもうパリに帰ろうか？」

父はわたしの首すじをなでながら、静かに笑った。わたしはふり返って父を見た。その黒い瞳《ひとみ》は輝き、まわりに滑稽《こっけい》な小さいしわが刻まれて、くちびるはわずかにそり返っている。ヤギの脚と角をもつ牧神ファウヌスのようだ。思わずわたしも、一緒に笑いだした。父にもめごとが起きるたびに、そうしてきたように。

「僕のかわいい共犯者。おまえがいなかったら僕はどうなる？」

その声の調子があまりにせつなく、あまりにやさしかったので、わたしがいなければ父はほんとうに不幸なのだと、わたしは思った。

夜遅くまで、わたしたちは話をした。恋愛について、そこから起きるもめごとについて。父に言わせれば、もめごとなど想像の産物でしかなかった。愛における貞節や厳粛さや誓いといった概念を、父は一貫して否定していた。そのような考えは一時的なもので、不毛だという。父以外の人にそう言われたら、不愉快になっただろう。でも父を見ていると、だからといって、やさしさや敬愛はなくならないのだとわかる。そうした感情は、父が望むからこそ、そしてかりそめのものと知っているからこそ、いっそう簡単にわきあがるのだ。

この恋愛観は、わたしの心をとらえた。あっという間に恋に落ち、激しく燃えあがり、つかのまで消える――。貞節などというものに、魅力を感じる年齢でもなかった。そもそも恋愛について、わたしはほとんどなにも知りはしなかった。何回かの待ちあわせ、キス、そして倦怠《けんたい》感のほかには。

第二章

アンヌが来るまでには、一週間以上あった。その間にわたしは、ヴァカンスを思いきり楽しんだ。別荘は二か月借りてあったが、アンヌが来たら、心ゆくまでくつろぐことはできなくなるだろうとわかっていた。アンヌは物事に輪郭を、ことばに意味をもたせる人だ。どちらも父とわたしなら、喜んであいまいなままにしておくのだが。趣味のよさや洗練ということについても、彼女なりの規範があって、それが守られないと急に引っこんでしまったり、傷ついて黙りこんだり、表情を変えたりする。おかげで周囲も、その規範に気づかざるを得ない。こういうのはおもしろくもあり、うんざりもするが、結局は屈辱的だ。正しいのは彼女のほうだと、感じることになるのだから。

アンヌが到着する日、フレジュスの駅まで、父とエルザが迎えに行くことになった。わたしは、そんな大遠征にはぜったい加わらないとがんばった。父はしかたなく、アンヌが列車から降り立ったときに贈ろうと、庭のグラジオラスをぜんぶ摘んだ。わたしはひとこと、花束をエルザに持たせないようにと父に言った。

午後三時、ふたりがでかけてしまうと、わたしは海辺に下りていった。たまらない暑さ。わたしは砂浜に寝そべって、うとうとした。やがてシリルの声で起こされた。わたしは目を開けた。空が熱気に揺らいで白い。わたしは返事をしなかった。シリルとも誰とも口をききたくなかった。この夏が全力で、わたしを砂の上に押さえつけている。両腕が重く、くちびるはかわいている。

「生きてる？」シリルの声。「遠くからだと、打ち寄せられた残骸《ざんがい》みたいだったよ」

わたしはほほえんだ。シリルはとなりにすわった。心臓が、ひそかに高鳴りはじめる。彼が動いた拍子に、手がわたしの肩に触れたからだ。先週は、わたしのみごとなヨット技術のおかげで、十回も一緒に水底《みなそこ》まで落ち、抱きつきあいもしたが、そのときは少しもどぎまぎしなかった。ところが今日は、この暑さ、この眠気、そのうえこのぎこちないしぐさだ。わたしのなかで、なにかがやさしく破れた。

わたしは彼のほうへ、顔を向けた。彼はじっとわたしを見つめた。この人を、わたしは知りはじめている。たぶん同年齢の人たちより精神的に安定していて、まじめできちんとしている。それだけに、うちの状況――奇妙な三人家族――を、よくは思っていない。やさしすぎるのか、内気すぎるのか、わたしにそうは言わないが、父を横目で見るときの暗い視線でわかる。それにわたしには、そのことで悩んでいてもほしかっただろう。でもわたしは悩んでいなかったし、そのときの悩みといえばただひとつ、彼のまなざしと自分の心臓の高鳴りだけだった。

彼がわたしのほうにかがんだ。彼のそばで過ごしたこの何日かが、彼への信頼が、彼といるやすらぎが、ふとよみがえって、わたしは、大きくて少し重たい感じのくちびるが近づいてくるのを眺めながら、気持ちが沈むのを感じていた。

「シリル」わたしはつぶやいた。「わたしたち、あんなに幸せだったのに……」

彼のくちびるが、そっとわたしのくちびるに重なった。わたしは空を見つめた。だがそれからは、きつく閉じたまぶたの裏で、いくつもの赤い光がはじけるばかりになった。真夏の暑さ、めまい、最初のキスの味、ため息。そのひとつひとつが過ぎていき、ほんの何分かがとても長かった。

クラクションが響いて、わたしたちは盗みでも働いていたかのように、さっと離れた。わたしはなにも言わず、シリルをその場に残して、別荘のほうへ坂道を上っていった。父とエルザがもう帰ってきたのだろうか。アンヌの列車はまだ着いていないはずだ。ところがそのアンヌが、自分の車から降りて、テラスに立っていた。

「『眠れる森の美女』のおうちみたい！」アンヌが言った。「いい色に焼けたわね、セシル！　会えてうれしいわ」

「わたしも」と、わたし。「でも、パリから来たの？」

「車で来たかったのよ。くたくたになっちゃったけど」

わたしはアンヌを、彼女のための部屋に案内した。窓を開けながら、シリルのヨットが見えないだろうかと思ったが、海に人気《ひとけ》はなかった。アンヌはベッドに腰かけた。その目のまわりに小さな影があるのに、わたしは気づいた。

「すばらしい別荘ね」ため息まじりにアンヌは言った。「ここのご主人はどちら？」

「あなたを迎えに、駅まで行ったの。エルザと」

わたしは彼女の旅行かばんをいすの上に置き、なにげなくふり向いて、はっとした。アンヌの顔が不意にゆがみ、くちびるは震えていたのだ。

「エルザ・マッケンブール？　エルザ・マッケンブールを連れてきてるの？」

わたしはなんと答えていいかわからなかった。びっくりして彼女を見つめるばかりだった。これまでは、いつも落ち着いた自制心の強い顔つきだったのに、それがこのように内面をあらわにするとは。アンヌはこちらを向いてはいたが、見つめていたのは、わたしのことばから立ちのぼった人影だった。そしてようやくわたしそのものが見えるようになると、顔をそむけた。

「前もってお知らせするべきだったわね」彼女は言った。「でも私、とても急いで出てきてしまったから。とても疲れていたし……」

「それでこうして……」機械的にわたしは続けた。

「こうして、なに？」と彼女。

いぶかしげな、さげすむようなまなざし。何ごともなかったかのようだ。

「こうして、ここにいらしたわけですよね」わたしは手をこすり合わせながら、ばかみたいに言った。「いらしてくださって、とってもうれしいです。下で待ってますから。なにかお飲みになりたければ、バーにいろいろそろってます」

口ごもりながら部屋を出ると、わたしは混乱したまま階段を下りた。あの顔、あの動揺した声、あの落ち込み。なぜ？　わたしはデッキチェアにすわって、目を閉じた。そして、アンヌのきびしい顔を、わたしが落ちつける顔を、すべて思い出そうとした。皮肉を浮かべた顔、余裕たっぷりの顔、威厳に満ちた顔。もろくも傷ついたあの顔を見てしまい、わたしは心を動かされる一方で、いらだってもいた。アンヌは父を愛しているのだろうか？　彼女が父を愛するなんて、ありうるだろうか？　父には、あの人の好みのところなどひとつもない。弱い男だし、軽い男だし、ときどきは無気力だし。それともあの表情は、単なる旅の疲れ? 道徳上いけないことだと腹を立てただけ?

あれこれ考えながら、わたしは一時間も過ごした。

五時に、父がエルザと帰ってきた。車から降りてくる父を、わたしはじっと見ていた。アンヌが父を愛せるのか知りたかった。父は、頭をややそらし、足早にわたしのほうへ歩いてきた。そしてにっこり笑った。わたしは思った。アンヌが父を愛することは、非常にありうる。誰だって、父を愛しうる。

「アンヌはいなかったんだ」父がどなるように言った。「列車のドアから落ちたんじゃなければいいがな」

「お部屋にいるわ」わたしは言った。「車で来たのよ」

「ほんとか? いやあ、それはよかった! 花束を持っていってくれるかな」

「お花を買ってくださったの?」アンヌの声がした。「なんておやさしいの」

アンヌは、旅をしてきたとは思えないようなドレスに身をつつみ、なごやかにほほえみながら、父に会うため階段を下りてきた。車の音で下りてきたんだな、とわたしはさびしく思った。もう少し早く来て、わたしに話しかけてくれてもよかったのに。でも話題といったら、わたしがまだ通っていない試験のことだろう! そう思うと、さびしさもうすらいだ。

父はアンヌに駆け寄って、手の甲にキスをした。

「駅のホームで十五分も待ってたんです。この花束をかかえて、口元にばかみたいな笑みを浮かべて。それが、なんとありがたい、ここにいらしたとは！　エルザ・マッケンブールはご存じですか？」

わたしは目をそらした。

「どこかでお会いしてると思います」アンヌはにこやかに言った。「私、すてきなお部屋を用意していただいて。お招きくださってほんとうにありがとう、レイモン。なにしろ疲れていたので」

父ははしゃいでいた。なにもかもうまくいっていると、父の目には映っていたのだろう。気のきいたことを言い、お酒のボトルの栓をいくつも抜いた。だがわたしの脳裏には、情熱的なシリルの顔とアンヌの顔、激しさのにじむふたつの顔が交互に浮かんで、このヴァカンスが、父の言うほど簡単に過ぎていくだろうかと思わずにいられなかった。

この日の夕食は、とても明るくにぎやかだった。父とアンヌは、少数とはいえ華やかに活躍している共通の知人たちのことを話していた。わたしもおおいに楽しんでいたが、ふとアンヌが、父の共同出資者は頭が足りない、と言い放った。その人はよくお酒を飲むが、思いやりがあって、父とわたしには、思い出に残る彼との夕食が何度もあった。

そこでわたしは抗議した。

「ロンバールはおもしろいのよ、アンヌ。すごく楽しい人だと、わたしは思うけど」

「それでも足りないって、そのうちあなたも認めるでしょう。あのユーモアにしても……」

「一般的な知性の部類とは、ちがうかもしれないけど……」

アンヌは寛大な調子でさえぎった。

「あなたの言う知性はね、年のことでしかないの」

この簡潔な断言に、わたしはしびれた。ことばの表現のなかには、わたしに知的で繊細な雰囲気を感じさせるものがあって、そういうときは、完全にはわからなくても心をとらえられる。今のアンヌのひとことにも、小さな手帳とえんぴつを持っていればと思わされた。わたしはアンヌにそう言った。父は大笑いした。

「少なくとも、恨めしくは思わなかったんだね」

恨めしくは思えなかった。アンヌに悪意はないからだ。アンヌは、わたしにはまったく超然とした人に感じられ、その意見にも、悪意から出る緻密《ちみつ》さや鋭さがなかった。それだけに、いっそうやりきれなくもあるのだが。

この最初の晩、エルザはわざとかどうか、なにげなさそうに父の寝室へ直接入っていったが、アンヌは気がつかなかったようだった。わたしにコレクションのなかから、セーターを持ってきてくれ、お礼はいいのと言った。かえってうっとうしいからだ。わたしも、自分の感激はけっしてうまく言い表せないので、むだな努力はしなかった。

「エルザって、とてもかわいい人ね」

わたしが部屋を出る前に、アンヌはそう言った。

ほほえむことなく、わたしの目をじっと見ながら、アンヌは、わたしのなかから消しておくべき考えはないかと探っていた。わたしは、エルザの名前を最初に聞いたときの彼女の反応を、覚えていてはならないのだ。

「ええ、そうね、すてきな……えーと……おねえさんっていうか……とっても感じがよくて」

わたしは言いよどんだ。アンヌは笑いだし、わたしはいらだちながら寝に行った。そうして、もしかしたら今ごろシリルは、カンヌで女の子たちと踊っているかもしれないと思いながら、眠りについた。

わたしは自分が、たいせつなことを忘れていることに、いや忘れざるを得なかったことに、気づく。それは海の存在、その絶え間ないリズム、太陽。地方にあった学校の寮の中庭の、四本の菩提樹《ぼだいじゅ》と、その香りも、よみがえらせることができない。三年前、その寮を出たときに、駅のホームで待っていた父のほほえみ、あのとまどったようなほほえみも。わたしは髪をおさげにしていたうえ、ほとんど黒に近い、あかぬけない服を着ていたから。

だが車に乗ると、父は突然、勝ち誇ったように喜びを爆発させた。わたしが父にそっくりの目、そっくりの口をしていて、彼にとってはなによりかわいく、みごとなおもちゃになるだろうとわかったからだ。わたしはまだなにも知らなかった。それから父が、パリの、贅沢《ぜいたく》の、安易に心地よく流れ去る生活の、手ほどきをしてくれたのである。

当時のわたしの喜びのほとんどは、お金の力によるものだったと思う。車でスピードを出す喜び、新しいドレスができあがる喜び、レコードや本や花を買う喜び。こうした安易な喜びを、わたしは今でも恥じてはいない。もっとも、そういったものは安易なのだと聞いていたから、そう言っているにすぎないが。むしろ、自分の悩みや狂信的な熱狂なら、もっと簡単に悔やんだり否認したりできると思う。喜びや幸福を好むことは、わたしの性格のなかでただひとつ、一貫している面なのだ。

もしかしたら、それはたいして本を読まなかったからだろうか？　学校の寮では、いい、ためになる作品以外読まないし、パリではそもそも読む時間がなかった。授業が終わると、友人たちに映画館へ引っぱっていかれた。わたしは俳優の名前を知らなくて、みんなに驚かれた。映画でないときは、陽光が降りそそぐカフェのテラス席へ。そこにいる大勢の人々に混じって、飲みものとともに過ごす喜びを、わたしはゆっくり味わった。そうしてこちらの目を見つめ、やがて手を取り、その人々から遠いところへ連れていってくれる誰かと一緒にいる喜びも。わたしたちは通りを歩いて、家まで帰ってくる。すると彼は、門の下にわたしを引きよせ、キスをする。わたしはキスの喜びも知った。こうした思い出の数々に、名前などはつけまい。ジャンとかユベールとかジャックといった、あらゆる女の子にピンとくるありふれた名前など。

一方、夜になるとわたしはおとなになって、父とパーティーにでかけた。わたしはなにをするというわけでもなく、いろいろな人が来ているパーティーで楽しみ、年齢のおかげで人を楽しませもした。帰るときには、父は家まで運転してわたしを降ろすと、たいてい、そのまま女の人を送っていった。帰ってきた物音を聞いたことはなかった。

だが父が、そういった刹那《せつな》的な恋愛を、これ見よがしにしていたとは思ってほしくない。父はただ、わたしに隠さなかっただけだ。もっと正確には、取りつくろうようなことや嘘《うそ》を、なにも言わなかっただけだ。ある女の人がしょっちゅう家に昼食に来ることや、完全に居すわってしまうことについて……居すわると言っても、ありがたいことに一時的なのだけれど！

いずれにしても、〈お客さま〉たちと父の関係の本質を、わたしがずっと知らないでいることはできなかっただろうし、父はおそらく、わたしの信頼を失うまいと思ったのだろう。そうすれば、作り話をでっちあげる苦労もしなくてすむ。みごとな計算だ。ただ、ひとつ欠陥があった。それは恋愛のあれこれについて、しばらくわたしが、夢のない冷笑的な態度をとるようになったこと。わたしの年齢や経験からすれば、恋愛は人の胸を衝《つ》くようなものではなく、楽しいものに見えるべきだった。

わたしは心のなかで、くり返し格言の類《たぐ》いをつぶやいた。とりわけ、オスカー・ワイルドのことばを。

〈罪は、現代社会に残った唯一《ゆいいつ》の鮮明な色彩である〉

わたしはこのことばを、実行に移すよりもはるかにしっかりと、揺るぎない確信をもって、自分のものにした。わたしの人生は、このことばをなぞり、このことばにインスピレーションを受け、このことばからわきあがっていくのだろうと考えた。教訓に満ちたエピナル版画の、背徳の絵のように。無為の時間や、物事はとぎれとぎれにしか起きないことや、日々の善良な感情などは、忘れていた。観念の世界で、わたしは、恥知らずの低劣な人生を考えていた。

第三章

翌朝わたしは、斜《なな》めに差し込む熱い太陽の光で目をさました。ベッドの上には、すでにその光があふれている。それまで少々混乱した奇妙な夢のなかで、必死に戦っていたのだが、それもそこで終わりとなった。とはいえ、まだ夢うつつだったので、顔に手をやり、執拗《しつよう》な暑さを払いのけようとし、結局あきらめた。

十時だった。わたしはパジャマのまま、テラスに下りていった。見ると、アンヌが新聞をめくっている。うすく、けれど完璧《かんぺき》にお化粧している。心底くつろぐほんとうのヴァカンスに身をゆだねることは、ないにちがいない。

アンヌが顔も上げないので、わたしはコーヒーカップとオレンジを一個持って、ゆったり石段にすわり、朝の楽しみにとりかかった。まずオレンジをかじる。口じゅうに甘い果汁がほとばしる。続いて、やけどしそうに熱いブラックコーヒーをひと口。それからまた、さわやかなオレンジ。朝の太陽がわたしの髪をあたため、肌についたシーツの跡を消していく。あと五分で泳ぎに行こう。

そのとき不意にアンヌの声がして、わたしは飛び上がりそうになった。

「セシル、食べるものは？」

「朝は飲みものだけでいいの。だって……」

「あと三キロは太らないと。見場《みば》をよくするにはね。頬がこけてるし、あばら骨が見えるわよ。バターを塗ったパンを取っていらっしゃい」

そんなものを押しつけないでとわたしがたのみ、アンヌがどうしても食べたほうがいいと理由を言いだそうとしたとき、父が、おしゃれな水玉もようのガウン姿で現れた。

「すてきな眺めだ。ふたりのブルネットのお嬢さんが、太陽の下でパンの話をしている」

「お嬢さんはひとりだけよ、残念ながら！」アンヌが笑いながら言った。「私はあなたと同じような年でしょう、レイモン、お気の毒さま」

父はかがんで、アンヌの手を取った。

「あいかわらずきびしいね」やわらかな父の声。アンヌが、思いがけない愛撫《あいぶ》を受けたかのようにまばたくのが見えた。

この間《ま》に、わたしはそっと逃げだした。階段で、エルザとすれちがった。見るからにベッドから出てきたばかりで、まぶたは腫《は》れているし、日に焼けて顔はまっ赤なのに、くちびるには血の気がない。わたしはもう少しでエルザを止めるところだった。アンヌはきちんと手入れした顔で下にいるわよ、これからきっと品よくきれいに日焼けしていくわ、と言って。もう少しで、エルザに注意をうながすところだった。だがおそらく彼女は、悪くとっただろう。エルザは二十九歳。アンヌより十三歳若いことが、強力な切り札だと思っているようだ。

わたしは水着に着がえると、入り江に走っていった。驚いたことにもうシリルがいて、ヨットにすわっていた。だがこちらを見ると、深刻な様子でやってきて、わたしの両手を取った。

「きのうのこと、あやまりたいんだ」

「わたしのせいだもの」

もっともわたしはなんとも思っていなかったので、彼の思いつめた態度にびっくりさせられた。

「自己嫌悪《けんお》だ」ヨットを海に出しながら、彼が言う。

「気にすることないのに」わたしは明るく言った。

「するよ！」

わたしはすでにヨットに乗っていた。シリルはひざまで水につかったまま、法廷の手すりでもつかむみたいに、両手でヨットの縁をつかんでいる。話し終えるまで乗らないつもりだとわかったので、わたしは必要なかぎりの気持ちをこめて、彼を見つめた。よく知っている彼の顔。まるで自分の顔のように親しく感じられる。この人は二十五歳だったな、とわたしは思った。もしかしたら自分を悪い男と思ったのだろうか。そう考えたとたん、思わずわたしは笑った。

「笑わないで。ゆうべ、自己嫌悪におちいったんだ。ぼくに対して、きみは自分を守るものがなにもない。お父さん、あの女性、手本がないのに……そこへぼくだ。ぼくもあれでは卑劣だ、同じことになるじゃないか。それできみも、ぼくのことをそう思うようになって……」

もう滑稽《こっけい》ではなかった。いい人だ、と思った。わたしを愛そうとしている。わたしもこの人を愛したい。わたしは彼の首に両腕をまわして、頰に頰をつけた。広くたくましい肩、わたしの体に感じる彼の体の硬さ。

「やさしいのね、シリル」わたしはささやいた。「わたしのおにいさん、ね」

彼は小さく怒りの叫びをあげて、両腕をぎゅっとわたしに巻きつけると、ヨットから静かに抱き上げた。そしてそのまま、きつくわたしを抱きしめた。自分の肩にわたしの頭を乗せて。この瞬間、わたしは彼を愛していた。朝の光のなかで、彼はわたしと同じように小麦色に輝き、同じようにやさしく、同じようにおだやかで、わたしを守ってくれていた。彼のくちびるがわたしのくちびるを求めはじめると、わたしは喜びで震えだし、彼も同じように震えだし、わたしたちは悔やむことも恥じることもなく、ただ深く求め、探りあい、何度もささやきをかわしながらキスをした。

やがてわたしは彼から逃れると、波間に漂うヨットに向かって泳いだ。わたしは、顔をすっきりさわやかにしようと、水につけた……水は緑色をしていた。幸福が、なんの気がかりもない晴ればれした気持ちが、体じゅうに広がっていくのをわたしは感じていた。

十一時三十分、シリルは帰っていき、浜辺の坂道には、父と女性たちが現れた。父はまんなかを歩きながら、父ならではの自然体で、進んでふたりを支えたり、順々に手を差し出したりしている。アンヌは水着用の《ベージング》ガウンを着ている。わたしたちがじっと見ている前で、彼女はそれを静かに脱ぐと、そのまま横たわった。細いウエスト、申し分ない脚。ほんのわずかな衰えしかない体だ。きっと長年の心くばりと手入れのたまものなのだろう。わたしは思わずまゆを上げて、父に称賛のまなざしを送った。

ところが驚いたことに、父はそれに応じるどころか、目をつぶってしまったのだ。エルザは気の毒にも痛々しい状態で、体じゅうにオイルを塗っている。これでは一週間もしないうちに父は……。そのときアンヌが、わたしのほうを向いた。

「セシル、ここではどうしてそんなに早起きなの？　パリにいたときは、お昼まで寝ていたでしょう？」

「勉強しなくちゃいけなかったから。起き上がれなかったの」

アンヌはにこりともしなかった。彼女がにっこりするのは、自分がそうしたいと思ったときだけで、誰もがする礼儀からの笑顔はけっして見せない。

「試験は？」

「落ちちゃった！」わたしは元気よく答えた。「みごとに落ちた！」

「十月には受からなくちゃね、ぜったいに」

「どうして？」父が割って入った。「免状《ディプロマ》なんて一枚ももらわなかったけどなあ、僕は。でも、こうしていい暮しをしている」

「あなたには最初から、かなりの財産があったから」思い起こさせるように、アンヌが言った。

「僕の娘なら、食わせてくれる男どもには不自由しないさ」父は堂々と言った。

エルザが笑いだしたが、わたしたち三人の視線を感じて黙った。

「セシルは勉強しなくちゃね、この夏休みは」アンヌはそう言うと、この話を終わらせるためにまぶたを閉じた。

わたしは絶望的な目で父を見た。父はとまどいながらも、かすかなほほえみを返してくれた。わたしは、自分がベルクソンの哲学書を開いているところを想像した。黒々とした行の連なりが目に挑みかかってきて、階下ではシリルの笑い声が……わたしはぞっとした。そこで、のろのろとアンヌのそばまで行くと、小さな声で名前を呼んだ。アンヌの目が開いた。わたしは不安な、たのみこむような顔をし、過労におちいった知識人みたいに見せようと、頬をいっそうすぼめて、アンヌの上にかがみこんだ。

「アンヌ。わたしにそんなことさせないわよね。この暑さで勉強だなんて……わたしの健康に、こんなによさそうな夏休みに……」

アンヌは一瞬じっとわたしを見つめ、それから意味ありげに微笑して、横を向いた。

「〈そんなこと〉させなくちゃならないわ……あなたの言うこの暑さでも。私を恨めしく思うのもせいぜい二日。あなたのことならわかっているの。それで試験に合格するのよ」

「人には、なじめないものってあるでしょ」わたしは笑わずに言った。

アンヌはおもしろがるような、見くだすような目で、ちらりとわたしを見た。わたしは心配の種でいっぱいになりながら、ふたたび砂の上に寝ころんだ。エルザは海辺のお祭り騒ぎについて、延々としゃべっている。だが父は聞いていない。寝ころんだ三人が形づくっている三角形の頂点で、あお向けになっているアンヌの横顔や肩のあたりに、じっと大胆な視線を投げかけている。わたしにはすぐわかるその視線。そして片方の手を、砂の上で握ったり開いたりしている。やさしく、規則的に、飽きることなく。

わたしは海へ駆けだし、ざばざばと水のなかに入っていった。目の前にひらけていたのに、消えていこうとしているヴァカンスを嘆きながら。悲劇の登場人物はそろっていた。もてる男、なかば玄人《くろうと》の女、知的で仕事のできる女性。

水底《みなそこ》にすてきな貝がらがあるのを、わたしは見つけた。実際は、バラ色とブルーの小石だった。わたしはもぐってそれを拾うと、昼食まで大事に手のひらでころがしていた。これをお守りにして、夏のあいだずっと持っていよう、とわたしは決めた。

なんでもなくしてしまうわたしが、なぜこれだけはなくさなかったのか、わからない。石は今も、わたしの手のひらにある。バラ色で、あたたかみを帯びて。そうしてわたしを、泣きたくさせる。

第四章

それからの数日、なにより驚かされたのは、エルザに対するアンヌの極端なまでのやさしさだった。エルザが会話のなかで、妙に浮いてしまうばかなことを何度言っても、アンヌは彼女を笑いものにするような、アンヌならではのあのぴりりとした断言をけっして口に出さなかった。その忍耐力と寛大さを、わたしは内心すばらしいと思っていたが、そこに巧妙さがしっかりひそんでいることには気づいていなかった。もしアンヌがさりげなく、でも容赦なくエルザをからかったら、父はすぐにうんざりしたことだろう。だが逆に、父は彼女に感謝していたし、その気持ちをどう表わせばいいのかわからずにいたわけだ。

もっともこの感謝というのも、口実でしかなかった。たしかに父は、まさに尊敬すべき女性として、娘の第二の母として、アンヌと話していた。そうしてこのカードを使いさえして、わたしを彼女の保護下に置いてみたり、わたしのあり方に多少責任をもたせてみたりしてきた。もっと近しく、もっとかたく、彼女をわたしたちに結びつけていくかのように。だが、父がアンヌに向ける視線やしぐさは、これから——快楽において——知りたいと熱望している未知の女性へのものだったのである。わたしがよくシリルに感じて、逃げたくなると同時に挑発したくもなる、あの熱っぽい敬意のようなものだった。

この点で、わたしはアンヌより影響を受けやすかったと言えるだろう。アンヌのほうは、父にクールでおだやかなやさしさを示すだけだったのだから。わたしはこれにほっとして、最初の日に感じたことは勘ちがいだったのだと思うまでになった。あいまいなやさしさが、父の気持ちをかえって激しくかきたてることが、わかっていなかったのだ。とりわけアンヌのあのもの静かなところが……とても自然でとてもエレガントな、あのもの静かなところが。

それは、エルザのひっきりなしのさえずりとは対照的だった。まるで太陽と影のように。哀れなエルザ……彼女はほんとうになにも気づいておらず、騒がしくて落ち着きがなく、そのみずみずしさも、あいかわらず夏の太陽で荒れたままだった。

ところがある日、そのエルザがとうとう父の視線を見とがめて、理解したらしい。昼食前、彼女が父になにか耳打ちしているのを、わたしは見た。父は一瞬、気を悪くしたような、驚いたような顔をしたが、やがてほほえみながらうなずいた。コーヒーが出てきたころ、エルザはひとりで席を立つとドアまで行き、そこでアメリカ映画によくあるみたいな、悩ましげな様子でこちらをふり返り、この道十年のフランス流誘惑を声ににじませて、言った。

「いらっしゃる？　レイモン」

父は立ち上がり、わずかに赤くなって、昼寝の効用について口走りながら、エルザのあとをついていった。アンヌは身じろぎもしなかった。指先のタバコから、煙が上がっていく。なにか言わなくちゃ、とわたしは思った。

「昼寝はとても休まるって言うけど、ちがうと思うの……」

思わずわたしは口をつぐんだ。自分の言ったことが、ちがうふうにもとれると気がついて。

「それはどういたしまして」アンヌはそっけなかった。

ちがうふうになど、とるつもりもないのだ。趣味の悪いひやかしにもつながると、ただちに見通したから。わたしはアンヌを見つめた。いつもどおりの落ち着いた顔だが、それは意志の力によるものだ。わたしは胸を打たれた。この瞬間、おそらく彼女は、エルザを強烈にうらやんでいるのに。なぐさめたいと思ったところ、ふとシニカルな考えが浮かんで、われながらうれしくなった。そういう考えにはいつもうれしくなる。一種の自信や、自分自身と共謀しているという陶酔感につつまれるからだ。おかげでわたしは、大きな声で言わずにいられなかった。

「ねえ、エルザはあんな日焼けだから、こういう昼寝はあんまりいいわけはないわね、どちらにとっても」

　黙っていたほうがましだった。

「そういう勘ぐりは大きらいなの。あなたの年では愚かという以上。非常に不愉快」

　わたしはかっとした。

「冗談よ、悪かったわね。ほんとはふたりとも、とっても満足しているに決まってる」

　アンヌがこちらを向いた。いらだたしげな顔だ。すぐにわたしはあやまった。アンヌは目をつぶると、低く抑えた声で話しだした。

「あなたは愛というものを、少し単純に考えすぎているわ。それは、刹那《せつな》的な高ぶりがいくつもつながっているだけのものではないの……」

　わたしの恋愛はぜんぶそうだった、とわたしは思った。突然の胸の高ぶり――目の前にある顔で、しぐさで、キスで……。花開く一瞬一瞬、でもそれぞれには、なんの一貫性もなくて。それがわたしの思い出のすべてだ。

「それはもっと別のものなの」アンヌは言った。「変わることのない思いやりや、やさしさや、さびしさや……あなたには理解できないさまざまなもの」

そうしてあいまいに手を振ると、新聞を取った。わたしは彼女に、怒りだしてほしかった。愛について欠けたところのあるわたしの前で、そのあきらめたような超然とした態度を崩してほしかった。彼女は正しい、とわたしは思った。わたしは動物みたいに生きている。相手しだいで。哀れで、弱い。

わたしは自分を軽蔑《けいべつ》した。それはおそろしく苦痛だった。そんなことに慣れておらず、自分をいいとも悪いとも、いわば裁いたことはなかったのだから。わたしは自分の部屋に上がっていくと、ぼんやり考えた。肌に触れるシーツがなまあたたかい。耳の奥で、アンヌの声がまだ聞こえていた。

〈それはもっと別のものなの。さびしさとか……〉

誰かを想《おも》ってさびしくなったことなど、わたしにあっただろうか？

今わたしは、このころのおよそ半月のできごとを、ほかにもう思い出すことができない。すでに言ったとおり、はっきりしたこと、不穏なことは、なにも見たくなかったのだ。もちろん、このヴァカンスの続きならきちんと思い出せる。自分の全神経と全能力をそそいだのだから。でもこの三週間、結局のところ幸福だったこの三週間のことは……父がアンヌの口もとをあからさまに見つめたのは、いつだったたっけ？ 超然としているのを、冗談めかして大声で非難したのは？ その頭のよさを、エルザの足りなさと真顔《まがお》で比較したのは？

わたしはばかげた考えで、心の平安を保っていた。ふたりは知りあって十五年になるのだから、もしお互い愛情があったなら、もっと早くから愛しあっていただろう、と。〈それに〉わたしは心のなかでつぶやいた。〈これからそうなるとしても、父が愛するのは三か月だけ。アンヌには熱い思い出と、少しばかりの屈辱感が残るだけ〉だがアンヌはそんなふうに捨てられる女ではないと、わたしはわかっていなかったというのか？

いずれにしても、わたしにはシリルがいた。そのことで、頭はじゅうぶんいっぱいだった。夜は、ふたりでよく一緒にサントロペのクラブにでかけ、しびれるようなクラリネットの響きに合わせて踊りながら、愛のことばをささやきあった。わたしの場合、翌日には忘れているけれど、その晩のうちはこのうえなく甘美なことばを。

昼間はふたりでヨットを走らせ、海岸をめぐった。ときどきは父も乗った。父はシリルをとても気に入っていた。特にふたりがクロールで勝負したとき、彼が父を勝たせてくれて以来。父は「僕のかわいいシリル」と言い、シリルは「おじさま」と呼んだが、ふたりのうちのどちらがおとなだと言えただろう。

ある日の午後、わたしたちはお茶に呼ばれて、シリルの母親の家へ行った。静かでにこやかな老婦人は、夫に先立たれた苦労と、母としての苦労を語った。父は同情し、アンヌにうなずくようなまなざしを向けたり、老婦人に惜しみなく賛辞を送ったりした。父は、時間を失うのをけっしておそれないと言わなくてはなるまい。アンヌはその光景を、愛想よくほほえみながら眺めていた。

帰り道、アンヌは老婦人を、すてきと言った。思わずわたしは、あの手の老婦人について呪《のろ》いのことばをぶちまけた。父とアンヌはふり返って、鷹揚《おうよう》に、おもしろそうにほほえんだ。よけいにわたしは我を忘れた。

「ねえ、わからないの？　あの人は自分に満足してるのよ」わたしは叫んだ。「自分の人生が得意なのよ。自分は義務をはたしたと思って……」

「でもそのとおりでしょう」アンヌが言った。「あの方は、母としても妻としても義務をはたされたのよ。いわゆる……」

「それから娼婦《しょうふ》としての義務も？」わたしは言った。

「品のない言い方は好きじゃないわね。逆説だとしても」

「逆説なんかじゃないわ。あの人もみんなと同じように結婚した。欲望からか、そうするものだからか。それで子どもが生まれた。どうすれば子どもが生まれるか知ってるでしょ？」

「たぶん、あなたよりはくわしくないでしょうけど」アンヌが皮肉った。「でも多少の知識なら」

「それでその子を育てた。おそらく不倫の苦悩や泥沼とは無縁だった。無数の女が送るような人生を送って、それを誇らしく思ってるのよ、わかる？　若いブルジョワの妻で母だっていう環境にいただけで、そこから出るためにはなにもしなかった。あれも、これも、しなかったことを自慢してる。なにかを成しとげたことじゃなくて」

「それはあんまり意味がない」父が言った。

「まやかしよ」わたしは叫んだ。「あとになって言うのよ。『私は義務をはたしました』なぜなら、なにもしなかったから。あの人も、あの階級に生まれて街の女にでもなったんなら、たいしたものだけど」

「今ふうの考え方ね。でもくだらない」アンヌが言った。

そうだったかもしれない。わたしは言ったとおりのことを考えていたが、どこかで聞いたことがあったのはほんとうだった。とはいえ、わたしの人生も、父の人生も、そうした理屈《テオリー》をよりどころにしていたのだ。それをアンヌは見くだし、わたしを傷つけたのである。人はくだらないことにも愛着をもつ。でもアンヌは、わたしを思索する人間とみなしていなかった。それは誤りだと気づかせるのが、わたしには突然なにより重要な、差し迫ったことに思えてきた。

その機会があんなに早くやって来るとは、思ってはいなかった。そしてそれがわたしにつかめるとも。もっともわたしは喜んで認めよう。ひと月後なら、同じ件でわたしはまたちがう意見をもっていただろう、と。わたしの信念は長続きしないのだ、と。どうしてわたしが、気高い精神の持ち主になどなれるというのだろうか？

第五章

そうしてある日、終局が訪れた。

その日の朝、父は、夜にはみんなでカンヌに行って、ギャンブルとダンスをしようと決めた。エルザが喜んだのを思い出す。カジノというなじみの雰囲気のなかで、世間からなかば引きこもっているような今の別荘暮しと、真夏の太陽で色あせ気味の〈運命の女《ファム・ファタル》〉としての持ち味を、ふたたび発揮しようと思ったのだ。意外なことに、アンヌもこの社交趣味に反対しなかった。いや、かなりうれしそうでさえあった。

というわけで、夕食が終わってすぐ自分の部屋へ上がり、イヴニングドレスに着がえたころには、わたしにはまだなんの不安もなかった。ドレスといっても、わたしが持っているのは一枚だけで、父が選んでくれたエキゾチックな生地のものだ。わたしにはたぶん少しエキゾチックすぎるが、父は趣味なのか習慣なのか、進んでわたしを〈運命の女〉ふうに装《よそお》わせる。

父は階下にいた。真新しいタキシードに身をつつんで、輝いていた。わたしは父の首に腕をまわした。

「わたしが知ってる男の人のなかで、パパがいちばんハンサム」

「シリルは別として、だろ」お愛想で父は言った。「おまえも、僕が知ってる女の子のなかで、いちばんきれいだ」

「エルザとアンヌの次に」わたしもお愛想で言った。

「ふたりともまだ来ないし、われわれを待たせているわけだから、その間《ま》にリウマチ持ちの年寄り父さんとダンスしようじゃないか」

わたしは外出前の幸福感に浸った。父は少しも年寄り父さんなどではなかった。ダンスしながらわたしは、オーデコロンと肌の熱さとタバコが入りまじっている、なつかしい父のにおいを吸い込んだ。父は拍子をとって踊りながら、わずかに目を閉じ、くちびるの端にはわたしと同じように、抑えきれない幸せな笑みを小さく浮かべていた。

「おまえにビバップ[*1]を教えてもらわなくちゃな」リウマチのことも忘れて、父は言った。

エルザが現れると、父はダンスをやめ、反射的なお世辞をつぶやいて彼女を迎えた。

緑のドレスをまとい、口もとに社交界向けのさめた微笑を、カジノ向けの微笑をたたえて、エルザはゆっくり階段を下りてきた。日差しでいたんだ髪と焼けた肌を、最大限きれいに見せていたが、それは輝かしいと言うより、よくがんばったという感じだった。幸い、本人はそれに気づいていないようだ。

「行きます？」

「アンヌがまだなの」わたしが言った。

「したくができたか、二階に見に行ってきて」父が言った。「カンヌに行くのが真夜中になっちゃうぞ」

わたしは、慣れないドレスでもたつきながら階段をのぼると、アンヌの部屋のドアをノックした。「どうぞ」と大きな声が返ってきた。ドアを開けるなり、わたしの足は止まった。アンヌはシルバーグレーのドレスを着ていた。ほとんど白に見え、夜明けの海のように光り輝くすばらしいシルバーグレー。成熟した女性の魅力のすべてが、今夜はアンヌのもとに集まったかのようだ。

「すてき！　ああ！　アンヌ、なんてすてきなドレス！」

アンヌは鏡に向かったまま、ほほえんだ。別れようとしている人にほほえむみたいに。

「このシルバーグレーは成功ね」彼女は言った。

「あなたが成功なの」わたしが言った。

アンヌはわたしの耳を軽く引っぱり、こちらを見つめた。ダークブルーの瞳《ひとみ》。その瞳が明るく光って、にっこり笑うのを、わたしは見ていた。

「あなたはやさしいいい子ね。ときどき手に負えないけれど」

そうしてわたしのドレスについてはひとことも言わず、前を通っていった。よかったと思う気持ちと、腹立たしく思う気持ちが、同時にわいてきた。

階段も、アンヌが先に下りていった。父が出迎えに来るのが見えた。父は階段の下で足を止めると、片方の足だけを一段目に乗せて、彼女を見上げた。エルザも彼女を見つめていた。このときの光景を、わたしは今でもはっきり思い出す。前景に、小麦色に輝くアンヌのうなじと惚《ほ》れぼれするような肩。少し低いところに、まぶしそうな父の顔と、差しのべられた手。そして、すでに遠くなっていたエルザのシルエット。

「アンヌ」父が言った。「すばらしい」

アンヌは父に微笑しながら通りすぎると、コートを取った。

「むこうでお会いしましょう。セシル、私と一緒に行く?」

アンヌはわたしに運転させてくれた。夜道はあまりに美しくて、わたしは静かに走った。アンヌはずっと黙っていた。ラジオからのたけり狂うようなトランペットも、耳に入っていないようだった。カーブで、父のカブリオレに追い越されたときも、表情ひとつ変えなかった。もはや自分には加わることのできない舞台が始まっていて、そこから締め出されているんだと、わたしは感じていた。

カジノでは、父の駆け引きのおかげで、わたしたちは早々にばらばらになった。わたしはバーに行き、エルザとまた一緒になった。彼女の知り合いの南米人もいたが、こちらはすでにだいぶアルコールが入っていた。もっとも演劇関係の仕事をしている人で、仕事に情熱をもっていたため、そんな状態でもおもしろかった。

一時間近く、わたしは彼と楽しく過ごした。だがエルザは退屈していた。彼女は大俳優をひとりふたりよく知っていたものの、演劇の技法については興味がないのだ。突然わたしに、父はどこかと聞いてきた。まるでわたしがなにか知っているかのように。そしてその場を離れていった。南米人は一瞬悲しげな様子になったが、ウィスキーの新たな一杯で元気を取りもどした。わたしもおつきあいで飲みながら、なにも考えず、ただ酔いの幸福に身をまかせていた。

彼が踊ろうと言いだして、事態はますます愉快になった。わたしは彼をしっかり抱きかかえつつ、足を踏まれないよう引っこめ続けなくてはならず、やたらと体力を使った。わたしたちは大笑いしていたので、ふと肩をたたかれて、ギリシャ神話のカッサンドラ[*2]みたいに暗いエルザのたたずまいを見たときには、思わず追い払ってしまいそうになった。

「あの人が見つからないのよ」エルザが言った。

悲嘆に暮れた面持ちだった。化粧はくずれ、肌はてかてかして、疲れがにじんでいる。哀れだった。不意にわたしは、父に強い怒りを感じた。これは許しがたい非礼だ。

「ああ！ どこにいるか知ってるわ」わたしはほほえみながら言った。ごく自然な、エルザが心配するまでもないことのように。「ちょっと待ってて」

わたしの支えを失った南米人は、エルザの腕のなかに倒れ込み、心地よさそうに落ち着いた。彼女のほうが豊かだものねと、さびしく感じながらも、エルザを恨めしく思う気にはなれなかった。

カジノは広かった。ふたまわりしても、父を見つけられなかった。それからテラスぜんぶを見てまわり、最後に「車だ」とひらめいた。

駐車場に出ても、車を見つけるのにしばらくかかったが、ふたりはやはりそこにいた。車のうしろまで行くと、リアウィンドーからふたりが見えた。その横顔は接近し、深刻な様子で、街灯に照らされて異様なほど美しい。互いに見つめあい、低い声で話していらるしく、ふたりのくちびるが動くのだけがわかる。わたしはそのまま立ち去りたかったが、エルザのことを思って、車のドアを開けた。

父はアンヌの腕に手を置いていた。ふたりともわたしを、ほとんど見もしなかった。

「楽しんでる？」わたしは行儀よく声をかけた。

「どうした？」父がいらだたしそうに言った。「ここでなにをしている？」

「パパこそ。エルザがこの一時間、そこらじゅう探してたのよ」

アンヌがゆっくり、名残り惜しそうに、わたしのほうを向いた。

「私たち、これから帰るの。私が疲れてしまったから、お父さまが送っていったって、彼女にはそう言ってちょうだい。で、じゅうぶん楽しく過ごしたら、私の車で帰っていらっしゃい」

わたしは怒りに震えた。もうなんと言えばいいのかわからなかった。

「『じゅうぶん楽しく過ごしたら』！　なに言ってるの！　ひどいじゃない！」

「なにがひどいんだ？」父は驚いてたずねた。

「赤毛で色白の女の子を海に連れていって、苦手な太陽の下にさらして、それで皮がぜんぶむけたら、捨てるのね。勝手すぎるじゃない！　エルザになんて言えばいいのよ、わたしは？」

アンヌが嫌気のさした顔で、父のほうを向いた。父はアンヌにほほえみ、わたしの言うことなど聞いていなかった。わたしの怒りは限界に達した。

「わたしは……わたしはこう言うわけ？　父は一緒に寝る女性をほかに見つけたから、あなたは残念でした、またどうぞ、って。そう？」

父の叫び声とアンヌの平手打ちが、同時に飛んできた。わたしは急いでドアから顔を引いた。痛かった。

「あやまりなさい」父が言った。

さまざまな思いが大きく渦巻いて、わたしはドアの横に立ちつくしていた。とるべき立派な態度を思いつくのは、わたしの場合、いつも遅すぎる。

「こっちへいらっしゃい」アンヌが言った。

険悪な声ではなかったので、わたしは近づいた。すると彼女は手をのばしてわたしの頬に触れ、おだやかにゆっくり話しだした。わたしが少しばかりでもあるみたいに。

「聞きわけのないことを言わないでね。エルザには申し訳なく思うわ。でもあなたは思いやりがあるから、いちばんいいように事をおさめてくれるでしょ。明日になったらくわしくお話しするから。だいぶ痛かった？」

「いいえ、とんでもない」わたしは礼儀正しく言った。突然のこのやさしさと、自分のいきすぎた激しさとで、泣きたくなった。

ふたりが車で走り去るのを、わたしは眺めていた。自分がまったくからっぽになった気がした。自分自身の思いやりだけがなぐさめだった。わたしはのろのろとカジノにもどると、エルザを見つけた。南米人が、彼女の一方の腕にしがみついていた。「アンヌが具合悪くなっちゃってね」わたしはかろやかな調子で言った。「パパが送ってかなきゃならなくなったの。なにか飲む？」

エルザはなにも言わずにこちらを見た。わたしは頭のなかで、説得力のある話を探した。

「アンヌ、吐いちゃったの。もう大変で、ドレスもしみだらけになって」

この描写は真に迫っているように思ったのだが、エルザは静かに、悲しそうに泣きだした。わたしは途方に暮れて、彼女をただ見つめていた。

「セシル。ああセシル、私たち、あんなに幸せだったのに……」

エルザは堰《せき》を切ったように泣きだした。南米人も泣きはじめ、「私たち、あんなに幸せだったのに、あんなに幸せだったのに」とくり返した。この瞬間、わたしはアンヌと父を憎んだ。かわいそうなエルザを泣きやませるためなら、そのマスカラが流れ落ちるのを、南米人がすすり泣くのを止めるためなら、なんでもする、と思った。

「まだぜんぶ終わったわけじゃないし、エルザ。一緒に帰ろう」

「そのうち荷物を取りに行くから」彼女はしゃくりあげた。「さよなら、セシル。私たち、気が合ったわね」

わたしは彼女と、天気やファッションの話しかしたことがなかったが、それでもやはり、昔からの友だちを失うような気がした。わたしはすばやくまわれ右をすると、車まで走った。

＊1　一九四〇年代に成立し、この物語のころ（五〇年代）にほぼ全盛期を迎えたアドリブ中心のジャズ。モダンジャズの起源とされる。ダンスとしても即興性が高く、何回転ものスピンやスピーディな足さばきなどが特徴。
＊2　トロイア王プリアモスの娘。トロイアの滅亡を予言するが、信用されなかった。

第六章

　翌朝はつらかった。おそらく、前の晩のウィスキーのせいだ。目がさめると、うす暗がりのなか、わたしはベッドを横切るような格好で寝ていた。口のなかが重く、手足はひどく汗をかいて感覚がない。よろい戸のすき間から日の光が差し込み、光のなかを、びっしり並んだ埃《ほこり》がのぼっていく。わたしは起きたくもなく、かといってベッドのなかにいたくもなかった。エルザはもどってくるだろうか。アンヌと父は、今朝はどんな顔をしているだろう。わたしは起き上がる努力をまぎらわそうと、彼らのことを無理やり考えるようにした。

　それがようやくうまくいって、わたしはひんやりしたタイルの床に立っていた。具合の悪いまま、ぼうっとして。鏡には悲惨な姿が映っている。わたしは鏡に寄りかかった。腫《は》れたまぶた、ふくれたくちびる、見知らぬ人のような顔、わたしの顔……こんなくちびる、ゆがんだバランス、醜く勝手に変形した顔では、弱くて卑怯《ひきょう》な人間みたいだろうか？　だがたとえ変形しているとしても、どうしてそれをこんなにはっきりと、自分には無縁のものと自覚しているのだろう？

わたしは自分を嫌悪《けんお》してみた。ゆうべの放蕩《ほうとう》のために頬はこけ、しわも出ているこの惨憺《さんたん》たる顔を、憎んでみた。そして自分の目を見つめながら、放蕩ということばをかすかな声でくり返しつぶやいた。すると不意に、鏡のなかでわたしは、微笑していたのだ。ほんとうに、なんという〈放蕩〉。何杯かのつまらないお酒に、平手打ちに、すすり泣き。

　わたしは歯をみがくと、階下へ下りていった。

　父とアンヌはすでにテラスにいて、朝食のトレーを前に、寄り添うようにすわっていた。わたしはあいまいに「おはよう」と言うと、ふたりの前にすわった。遠慮してふたりを見ないようにしていたが、いつまでたっても沈黙が続くので、目を上げてみた。アンヌはやつれたみたいな顔をしている。愛の一夜を過ごしたしるしだ。そしてふたりとも、幸福そうにほほえんでいる。わたしは心を動かされた。幸福というのは、ひとつの条約の承認のように、ひとつの成功の形のように、思えるからだ。

「よく眠った？」父が聞いた。

「このとおり」わたしは答えた。「ゆうべはウィスキーを飲みすぎちゃった」

わたしはカップにコーヒーをつぐと、ひと口味わったが、すぐにまたカップを置いた。ふたりの沈黙には、居心地が悪くなるような雰囲気があったのだ。こちらの出かたを待っているような。疲れていたので、わたしはあまり持ちこたえられなかった。

「どうしたの？　ふたりとも、なんだか変」

父は落ち着こうとするしぐさで、タバコに火をつけた。アンヌはめずらしく、明らかにとまどった様子でわたしを見つめた。

「あなたにお願いがあるの」ようやく彼女が言った。

わたしは最悪のことを考えた。

「またエルザになにか？」

アンヌは顔をそむけると、父のほうを見た。

「あなたのお父さまと私、結婚したいと思っているの」彼女は言った。

わたしはまじまじと彼女を見た。それから父を。そしてちょっとだけ待った。父が身ぶりか目くばせで、わたしを怒らせ、そしてほっとさせてくれるのを。ところが父は自分の両手を見つめたのだ。〈嘘《うそ》でしょ〉とわたしは思った。だが嘘ではないと、すでにわかっていた。

「すごくいい考え」わたしは時間をかせぐために言った。

わたしはうまく理解できずにいた。あんなにかたくなに結婚や束縛をきらっていた父が、たったひと晩で決意したなんて……今までの生活は一変する。わたしたちはこれまでの独立を失ってしまう。わたしは三人での生活をぼんやり考えてみた。アンヌの知性と洗練で、突如《とつじょ》バランスのとれたものになる生活を。それはアンヌを見ていて、うらやましく思った生活だ。知的で心づかいのある友人たち、幸福でおだやかなパーティー……不意にわたしは、騒がしいディナーやあの南米人みたいな男たち、エルザみたいな女たちを見くだしていた。心のなかに、優越感と自尊心が広がった。

「ものすごくいい考え」わたしはもう一度言って、ふたりに、にっこりした。

「ぼくのネコちゃん、おまえも喜んでくれるだろうと思っていたよ」

緊張もほぐれて、父はとてもうれしそうだ。アンヌはゆうべの疲れで、これまで見たこともないほど、顔つきがやわらかく、やさしくなっている。

「おいで、ネコちゃん」父が言った。

そして両手を差しのべると、自分とアンヌのほうへ、わたしを引き寄せた。わたしがひざまずくように中腰になると、ふたりは愛情をこめてしみじみわたしを見つめ、頭をなでた。一方わたしは、こう思わずにいられなかった。〈たぶん今、わたしの人生は変わろうとしている。でもふたりにとって、わたしは実際ネコぐらいのもの、よくなついた小動物ぐらいのものでしかないんだ〉ふたりはわたしの頭上、手の届かないところで、過去においても未来においても結ばれている。それはわたしの知らない絆《きずな》で、わたしには関係ないのかもしれない。

わたしは意識的に目を閉じると、ふたりの膝《ひざ》に頭を乗せて、一緒に笑い、自分の役にもどった。そもそもわたしは幸せではなかったか？　アンヌはすてきな人だし、卑しいところがない。彼女ならわたしを導き、わたしの生活から重荷をおろし、どのようなときにも道を指し示してくれるだろう。わたしはわたしとして完成されていき、父も父として、わたしと一緒に完成されていくだろう。

父は立ち上がると、シャンパンのボトルを探しに行った。わたしは急にげんなりした。父は幸せなのだ。それはたしかに大事なことだ。でも、女の人ひとりで父が幸せになるのを、わたしはあまりにたびたび見てきた……

「私、あなたがちょっと怖かったのよ」アンヌが言った。

「どうして？」わたしは訊《き》いた。

もしわたしが反対したら、ふたりのおとなが結婚できなかったかのような言い方だった。

「あなたが私を怖がってるんじゃないかと思って」そう答えると、彼女は笑いだした。

わたしも笑いだした。事実わたしは、彼女がちょっと怖かったから。アンヌはそれがわかっていたことと、そんなのは無意味だということを同時に示した。

「ばかげたことだと思わない？　こんな年寄りどうしの結婚」

「年寄りなんかじゃないわ」わたしは必要なかぎりの確信をこめて、言った。父が両腕でシャンパンを掲げて、ワルツのステップでもどってきたからだ。

父はアンヌの横にすわると、彼女の肩を抱き寄せた。それに応《こた》える彼女の体の動きに、思わずわたしは目を伏せた。アンヌが父と結婚するのは、きっとこのためだ。父のこの笑い、硬くたのもしいこの腕、バイタリティー、熱さ。四十歳にしての孤独への恐れ、もしかしたら最後かもしれない官能の炎……

わたしはこれまで、アンヌをひとりの女性として考えてはいなかったのだ。そうではなく、観念的な存在としてとらえていた。彼女のなかに見ていたのは、自信とか、上品さとか、聡明《そうめい》さ。官能や、弱さではなくて……。わたしは理解した。父には自慢なのだ、と。高嶺《たかね》の花だったつれないアンヌ・ラルセンが、自分と結婚するということが。父は彼女を愛しているのだろうか、ずっと愛していけるのだろうか？　今のこのやさしさと、エルザに向けていたやさしさを、わたしは区別できるだろうか？　わたしは目を閉じ、強い日差しに身をまかせた。ためらいと、ひそかな不安と、幸福でいっぱいのまま、わたしたち三人はテラスにいた。

エルザはなかなかもどってこなかった。一週間があっという間に過ぎていった。幸福で、気持ちのよかった唯一の七日間。わたしたちは、家のインテリアや日程について、複雑なプランを立てた。父とわたしは、こういうことをきちんと知らない人間の気軽さで、むずかしい計画をぎっしり立てて喜んでいた。そもそもわたしたちが、そういった計画を信じたことがあっただろうか？　毎日お昼の十二時半に同じところへ昼食に帰り、夕食も自宅、そしてそのまま家で過ごす。そんなことがほんとうにできると、父は思っていたのだろうか？　それでも父は、気ままな暮らしを陽気に葬《ほうむ》り去り、秩序を、品よくきちんと計画の立てられた堅実な生活を、称賛した。わたしにとってと同様、おそらく父にとっても、すべて頭のなかで描いただけのものだったのだろう。

今でもわたしは、この週の思い出をたどって味わいなおすのが、楽しい。アンヌはなごやかで、信頼に満ちてとてもやさしかったし、父は彼女を愛していた。朝は、ふたりでもたれあうようにして階段を下りてくる。クマの浮き出た目で、笑いあいながら。これが一生続けばいいと、わたしは心底思っていた。

夕方には三人でよく海岸まで下りていき、近くの店のテラスで食前酒《アペリティフ》を飲んだ。どこへ行っても、わたしたちは仲のいいふつうの家族に見られた。それまでわたしは、父とふたりきりで出かけては、哀れみか、からかうような視線やうす笑いを向けられるのに慣れていたのだが、ようやく年相応の役割にもどってうれしかった。父とアンヌの結婚式は、ヴァカンスが終わり次第、パリで行われることになった。

わたしたち家族の変化を知って、シリルは、少々あっけにとられずにはいられなかった。だが法律にかなうこの結末には、喜んでくれた。わたしたちは一緒にヨットに乗ったり、気の向くままにキスをかわしたりした。彼がわたしにくちびるを押しつけているあいだ、わたしは時おりアンヌの顔を思い浮かべた。やさしくやつれた朝の顔。前夜の愛で緩慢になり、幸福なものうさを漂わせている動作。それがわたしはうらやましかった。何度キスをしても、キスはキスのまま尽きていく。もしシリルがわたしをもう少し愛していなかったら、この週、わたしは彼と深い仲になっていたかもしれない。

午後六時、小さな島々からもどってくると、シリルはヨットを砂浜に引きあげる。わたしたちは、松の林を通って帰っていく。そして、冷えた体をあたためるのに考えついたインディアンごっこや、ハンデをつけたかけっこをする。彼はいつも家に着く前にわたしに追いつき、勝利の叫びをあげながら飛びかかってきて、散り敷いた松葉の上にわたしをころがす。そうしてわたしを押さえつけ、くちびるを重ねる。わたしは今でも思い出す。息を切らしながらの不器用なあのキスの味を。真上に聞こえたシリルの心臓の音を。その音に、砂浜に打ち寄せる波の音が重なって……一、二、三、四、心臓の鼓動と砂浜のかすかなざわめき、一、二、三……一。シリルは息を整え、くちづけは正確に、的をしぼったものになり、わたしにはもう潮騒《しおさい》は聞こえず、耳のなかで、自分自身の血が駆けめぐるのを感じるだけになる。

ある夕方、わたしたちは、アンヌの声で引き離された。シリルはわたしの上に覆《おお》いかぶさっており、わたしたちは半裸で、あたりは夕暮れどきの赤い光と闇《やみ》につつまれていたから、アンヌが思いちがいをしたのもわかる。彼女は鋭い声で、わたしの名を呼んだ。

シリルは、はじかれたように起き上がった。もちろん、恥じながら。続いてわたしが、もっとゆっくり、アンヌを見つめながら起き上がった。アンヌはシリルのほうを向くと、彼のことは見ていないかのように、静かに言った。

「あなたにはもうお目にかかるつもりはありません」

シリルはなにも答えず、わたしのほうにかがむと、肩にくちづけをして、去っていった。それはまるで無言の誓いのようで、わたしは驚き、胸を打たれた。アンヌは深刻でありながらも、ほかのことを考えているみたいな超然とした様子のまま、わたしをじっと見すえている。わたしはいらだった。もしほかのことを考えているなら、あんなふうに言うのはまちがっている。わたしは、単に礼儀として気まずそうなふりをしながら、彼女のそばへ行った。彼女は、わたしの首についていた松葉を機械的に取ると、ようやくわたしが見えたようだった。その顔に、軽蔑《けいべつ》の表情が浮かんだ。彼女をすばらしく美しくし、わたしは少し怖くなる、あの倦怠《けんたい》と不同意の顔だ。

「この手の遊びは、たいてい病院で終わると覚えておきなさい」

彼女は、わたしを見すえてまっすぐ立ったまま言った。わたしはひどくやりきれなかった。この人は、直立不動で話ができるタイプなのだ。わたしなら、いすがいる。なにかつかめるものか、タバコか、ぶらぶらさせる脚がいる。ぶらぶらするのを眺める必要がある……

「大げさなこと言わないで」わたしはにっこりして言った。「わたしはシリルにキスしただけ。それで病院に連れていかれるはめにはならないでしょう……」

「もうあの人とは会わないでと言っているの」彼女は、わたしのことばを信じていないかのように、言った。「口ごたえしないで。あなたはまだ十七。今では私にも、あなたに対して多少の責任があるし、あなたが人生をふいにするのを見ているわけにはいかないの。だいいち勉強があるでしょう。午後はそれでいっぱいになるはず」

そしてアンヌは背中を向けると、家のほうへ、無頓着《むとんじやく》な足どりで帰っていった。わたしはショックのあまり、その場から動けなかった。彼女は口に出したとおりのことを、頭のなかでも思っているのだ。わたしの理屈も否認も、彼女はこれからもあのように平然と扱うのだろう。それは軽蔑よりひどい。まるでわたしは存在していないみたいだ。わたしは型にはめてしまえるなにかで、このわたしではなく、セシルという人間ではないみたいだ。その人間を、彼女はずっと知っているのに。というか、こんなふうに罰するなら、彼女も苦しんでいいはずなのに。

たのみの綱は、父だった。父なら、いつものようにこう言うだろう。「どんな男の子なんだい、ネコちゃん？　まずはハンサムで健康？　卑劣な男には気をつけるんだぞ」――こんなふうに、言ってくれなくては。そうでなければ、わたしのヴァカンスはおしまいになる。

夕食は、悪夢のようだった。アンヌは一度も、わたしにこうは言っていなかった。〝お父さまにはなにも言わないでおくから。つげ口はしないけれど、しっかり勉強するって約束してね〟こういう打算とは無縁の人なのだ。わたしはそれをうれしく思うと同時に、恨めしくも思った。そういうことを言う人なら、軽蔑できる。だが彼女は今回もそうしたへまをせず、事を思い出したふりをしたのは、まだポタージュが終わったばかりのときだった。

「お嬢さんに、少し言っていただきたいことがあるのよ、レイモン。今日の夕方、松林でシリルと一緒のところを見かけたのだけど、ずいぶん親密なようだったわ」

父はこれを冗談と受けとめようとした。

「どういうこと？ ふたりがなにをしていた？」

「キスしてたのよ」わたしは勢いこんで言った。「それをアンヌがまちがえて……」

「私はなにもまちがえていません」アンヌがさえぎった。「ただ、しばらく会うのはやめて、少し哲学の受験勉強をしたほうがいいと思うわ」

「おやおや」父が言った。「……でもあのシリルっていうのは、いい子だろう？」

「セシルもいい子よ」とアンヌ。「だからこそ、なにかあったらどんなに悲しいかしら。でも、ここでまったく自由にしていて、あの男の子といつも一緒のうえ、ふたりとも暇なことを考えれば、どうしてもそうなると思うの。そうは思わない？」

この「そうは思わない？」のひとことで、わたしは目を上げ、父はかなりとまどいながら、目を伏せた。

「たぶん、きみの言うとおりだろう」父が言った。「うん、結局、少しは勉強しなくちゃな、セシル。また哲学を受けなおしたくはないだろう？」

「それがどうだって言うの？」わたしは短く答えた。

父はわたしを見つめ、すぐに目をそらした。わたしは途方に暮れた。そして気がついた。気にせずにいることが、わたしたちの生活に力を与えてくれるただひとつの心の持ち方なのだ、と。自分を守るために議論などしてはいけない、と。

「さあ」アンヌがテーブルごしに手をのばして、わたしの手を握った。「野生の女の子の役を、いい生徒の役に替えるのよ。それもほんの一か月。そう大変なことじゃないでしょう、ねえ？」

アンヌがわたしを見つめた。父もわたしを見つめた。ほほえみながら。このような観点では、議論は簡単に決着がついてしまう。わたしはそっと手を引っこめた。

「いいえ」わたしは言った。「大変なこと」

わたしの声が小さすぎたようで、ふたりには聞こえなかった。または聞きたがっていなかった。

翌朝、わたしはベルクソンの一文を前にしていた。それを理解するのには、何分かかかった。

〈事実と原因のあいだに、まずはどれほど異質性を見いだすことができようと、また、たとえ行動の規範と事物の本質に対する言明とのあいだに大きな隔たりがあろうと、人が人類を愛する力を汲《く》みとれたと感じるのは、つねに人類の発生原理に接してのことである〉

わたしはこの文章を、くり返し読んだ。いらいらしないように、最初は静かに、次に大きな声で。それから両手で頭をかかえて、注意深く見つめた。そうしてようやく理解したが、最初に読んだときと変わらず、ベルクソンについて自分には関心も能力もないのを感じるだけだった。それ以上わたしは続けられなかった。次の何行かも、同じ熱心さと好意をもって眺めたが、突然なにかが、わたしのなかで風のように巻きおこり、わたしはベッドに身を投げ出した。

わたしはシリルのことを考えた。輝く入り江で、わたしを待っているシリルのことを。ヨットのやさしい揺れを、彼とのキスの味を。それからアンヌのことを考えた。わたしはベッドの上にすわった姿勢で、考えた。心臓が鳴っていた。

こんなのばかげてる。恐ろしい。わたしは甘やかされたなまけ者の子どもでしかない。こんなふうに考える権利はない。

それでも、わたしはじっと考えつづけた。あの人は有害で危険だ、と。わたしたちの道から遠ざけなくてはならない、と。

わたしは先ほど終わった食事のことを思い出して、歯を食いしばった。恨めしさで深く傷つき、打ちのめされながら。そんな感情をもつことを、わたしはばかにしていたのに、笑いものにしていたのに……そう、アンヌを責めたかったのはそこだ。あの人は、わたしが自分自身を愛せないようにしてしまう。幸福や、愛想のよさや、のんきさに、わたしは生まれつきこんなにも向いているのに、彼女がいると、非難や良心の呵責《かしやく》のなかに落ち込んで、心のうちでしっかり考えることもできなくなり、自分を見失ってしまう。

では、あの人がもたらしたものは？　わたしはその力をはかってみた。彼女は父を欲し、手に入れ、わたしたちを少しずつ、アンヌ・ラルセンの夫と娘に仕立てあげようとしている。つまり教養があって育ちがよく、幸福な人間に。というのも、彼女はわたしたちを幸せにするのだろうから。わたしにはよくわかる。どんなに簡単にわたしたちが、不安定なわたしたちが、そうした枠組みや責任のなさの魅力に、負けてしまうか。あの人は、あまりにやり手なのだ。すでに父がわたしから切り離された。食事の席で父が見せたあの気まずそうな顔、横を向いてしまった顔が、頭から離れない。わたしは苦しくてならない。

わたしは泣きたい気持ちで思い出す。明け方、父と一緒に車でパリのほの白い道を帰ってきていたころの、あの共犯者の気分を、ふたりで笑いあったことを。それもこれも、すべて終わってしまったのだ。今度はわたしが、アンヌに影響され、作り変えられ、誘導されるのだろう。苦しむことさえなく。彼女は聡明《そうめい》に、皮肉をこめながらもやさしくふるまい、わたしは抵抗できなくなるだろう。やがて半年もすれば、抵抗したいとも思わなくなるのだろう。

しっかりしなくては。父を、父とわたしの昔の生活を、なんとしても取りもどさなくては。過ぎたばかりの、支離滅裂で浮かれたこの二年の時間が突然、どれほど魅力的に輝いて見えたことだろう。ついこのあいだ、あんなにあっさり自分で否定した二年間が……。考える自由、正しくないことも考える自由、ほとんど考えない自由、自分自身で人生を選ぶ自由、自分を選ぶ自由。〈自分である自由〉とはまだ言えない。わたしはこれからどんな形にでもなっていく素材にすぎないから。でも型にはめられるのはお断わりという素材なのだ。

この心境の変化に、複雑な理由をつけることができるのは知っている。わたしをごたいそうなコンプレックスの持ち主にしてしまうことができるのも。いわく、父への近親相姦《そうかん》的な愛。または、アンヌへの不健全な情熱。でもわたしには、ほんとうの理由がわかっている。それはこの炎暑だ。ベルクソンだ。シリルだ。いや――少なくとも、シリルといられないことだ。

わたしはその午後ずっと、こうした不愉快な状態が続くなかで考えていたが、なにもかも、わたしたちがアンヌの思うままにされていることから生じているわけだと、悟った。わたしはじっくりものを考えることに慣れていなかったので、次第にいらいらしてきた。食卓では、朝と同様、口をきかなかった。それで父は、わたしをひやかさなくてはならないと思ったらしい。

「若さのなかでも、僕がとりわけ好きなのは、活気や会話なんだがなあ……」

わたしは荒々しく父をにらんだ。父が若さを愛しているのはほんとうだったし、父とでなければ、いったいわたしは誰と話してきたというのだろう？　わたしたちはなんでも話した。愛について、死について、音楽について。その父自身がわたしを捨て、わたしを無防備にしてしまったのである。わたしはなおも父をにらみ、思った。〈パパはもう前みたいにわたしを愛していないじゃない。わたしを裏切ったじゃない〉そして口に出すことなく、わからせようとした。わたしは悲劇のただなかにいた。父も、突然はっとしたようにわたしを見つめかえした。これはもうゲームではなく、ふたりに通じあっていたものが危うくなっているのだと、たぶんわかったのだろう。父の表情が動かなくなり、もの問いたげになった。アンヌがわたしのほうを向いた。

「顔色が悪いわね。勉強させるのはよくないのかしら」

わたしは答えなかった。自分で上演してしまい、もう中断することができないこんな芝居のせいで、自分がつくづくいやになっていた。

夕食が終わった。テラスに出ると、食堂の窓が作る長方形の光のなかで、アンヌの手が、いきいきと動く長い手が、揺れて父の手を探しあてるのが見えた。わたしはシリルのことを想《おも》った。コオロギが鳴き、月光が広がるこのテラスで、彼に抱きしめられたいと思った。やさしくなでられ、慰められ、自分自身を許したいと思った。父とアンヌは静かだった。ふたりの前には、愛しあう夜が待っている。わたしには、ベルクソンが待っている。わたしは泣いてみようとした。自分自身に同情してみようとした。でもできなかった。

わたしが同情したのは、このときすでにアンヌだったのだ。まるで彼女に勝つことを、確信していたかのように。

第二部

第一章

ここからの記憶の鮮明さには、われながら驚く。周囲の人たちについても自分自身についても、わたしにはいっそうの注意深さが身についたのだ。ありのままでいることや安易な自分本位なら、わたしには生まれつき存分に備わっている。それでずっと楽しく生きてもきた。ところがこの何日かというもの、深く考えたり自分の生き方を見つめたりしなくてはならなくなったのだから、心はかなり揺れ動いた。そしてあれこれ考えては苦しみ、悩んだが、自分自身と折りあいをつけられずにいた。

〈この気持ちは〉とわたしは思った。〈アンヌに対するこの気持ちは、愚かで下劣だ。彼女と父を別れさせたいと思うのが、残忍であるように〉

しかしそれにしても、なぜそんなふうに自分を裁くのだろう? 単純にわたしはわたしとして、心に浮かんだことをそのまま感じるのは自由ではないか? 生まれてはじめて、〈わたし〉は分裂してしまったようだった。そしてその二重性の発見に、胸を衝《つ》かれるような驚きを感じていた。

わたしがもっともな言いわけを見つけて、自分に向かってそれらをつぶやき、わたしは誠実なのだと結論づけても、とたんにもうひとりの〈わたし〉が現れ、その理屈をきっぱり否定する。そして、たとえ表面上は真実らしく見えても、おまえは思いちがいをしているのだと糾弾する。とはいえ実際には、思いちがいをさせるのは、このもうひとりのほうではないのか？　この明晰《めいせき》さが、最悪の誤りではないのか？

わたしは自分の部屋で、何時間も煩悶《はんもん》しつづけた。今アンヌがわたしに抱かせる恐れや敵意は、正当化されるものなのか。それともわたしがエゴイストで甘やかされていて、ほんとうはちがうのに自立した気になっている、ただのお嬢ちゃんなのか。

そうこうするうちに、わたしは日々、さらに少しずつやせていった。浜辺では眠ってばかり、食事のときには無意識のうちにも不安そうに押し黙り、父とアンヌをとまどわせていた。アンヌを見つめ、たえずその様子を見張り、食事のあいだじゅう心のなかでつぶやいていた。〈パパへのそのしぐさは、愛？　パパがほかの人とはもうけっして育《はぐく》めないような愛？　それから、瞳《ひとみ》に心配の色をたたえたわたしへの微笑。どうしてこの人を恨めしく思えるだろう？〉だが突然、その人が言う。

「パリに帰ったらね、レイモン……」

この人がわたしたちの生活に入ってくる、割り込んでくるという思いに、わたしはぞっとする。アンヌが、巧妙さと冷淡さのかたまりにしか見えなくなる。わたしは思う。〈この人は冷たく、わたしたちは熱い。この人は専制的で、わたしは独立心が強い。この人は超然としていて人に興味をもたないが、わたしたちは人に熱中する。この人は慎重で、わたしたちは陽気。活気があるのはわたしたちふたりだけ、この人はそこへ静かにもぐり込んできて、自分の体をあたため、わたしたちからのんきで心地よいぬくもりを少しずつ奪っていくのだ。わたしたちからなにもかも盗んでいくのだ。美しいヘビのように〉

美しいヘビ、とわたしはくり返す……美しいヘビ！　そのとき、彼女がわたしにパンを取ってくれた。わたしは目のさめる思いで、自分に言いかえす。〈なに言ってるの、この人はアンヌよ、頭のいいすてきなアンヌ、おまえの面倒を見てくれた人。冷たさは彼女の生き方のスタイル、そこに計算なんてひそんでいない。超然としているのは、卑しくも取るに足りないさまざまなことから、自分を守るため。気高さの担保なのよ〉美しいヘビ……わたしは恥ずかしさで血の気が引くのを感じ、アンヌを見つめてそっと低い声で、許して、とあやまる。

そういった視線に彼女はときどき気がついて、驚きとためらいから顔をくもらせ、言いかけていたことばも途中で飲み込んだ。そして本能的に、目で父を求めた。父は称賛か欲望のまなざしで見つめかえすが、彼女を不安にさせている原因に思い至りはしなかった。こうしてわたしは、周囲の雰囲気を少しずつ息苦しいものにしていた。そんな自分がいやだった。

父は、父なりに苦しむことのできる範囲で苦しんでいた。つまり、ほとんど苦しんでいなかったのだ。アンヌに夢中、誇らしさと快楽に夢中で、そのためにだけ生きていた。それでもある日、わたしが朝ひと泳ぎしたあとに、浜辺でうとうとしていると、そばにすわってわたしを見つめた。その視線が重いのを、わたしは感じた。そこで、このところくせになった見せかけの明るさで立ち上がって、父に「水に入ろう」と言おうとしたのだが、父はわたしの頭に手を置くと、嘆かわしい調子で声を張り上げた。

「アンヌ、このやせっぽちを見にきてごらん。ガリガリだよ。これが勉強のせいなら、やめさせなきゃならんな」

父は、なにもかもうまくいくように整えられると思っているのだろう。これが十日前なら、なにもかもうまくいったかもしれない。でもわたしは、いざこざからさらに先まで踏み込んでしまっていたし、午後の勉強の時間など、もううっとうしくもなかった。ベルクソン以来、本も開いていなかったのだから。

アンヌが近づいてくる。わたしは砂の上に腹ばいになったまま、足音に耳をすましていた。彼女は父と反対側にすわると、つぶやいた。

「たしかに勉強は合わないのね。まあ部屋をぐるぐる歩いたりするかわりに、ほんとうに勉強すればいいんだけど……」

わたしは体の向きを変え、ふたりを見つめた。どうしてアンヌは、わたしが勉強していないことを知っているのだろう？　ひょっとしたら、わたしが考えていることも察しているのかもしれない。この人にはなんでもできるんだ、とわたしは思った。怖くなった。

「部屋をぐるぐる歩いたりなんか、してない」わたしは抗議した。

「落ち着かないのは、あの彼に会えないから？」父が訊《き》いた。

「ううん！」

それはちょっと嘘《うそ》だった。だがシリルのことを考える時間がなかったのは、ほんとうだ。

「それでも調子がよくないわけか」父がきびしい声で言った。「アンヌ、わかるだろ？　はらわたを抜いて太陽でローストされる鶏《とり》みたいだ」

「私のセシル」アンヌが言った。「努力しなさい。少し勉強して、いっぱい食べなさい。この試験は大事よ……」

「どうだっていいわよ、試験なんか」わたしは叫んだ。「わかった？　どうだっていいの！」

わたしはありったけの思いをこめて、彼女を正面からにらんだ。これは試験なんかより重大なことだとわからせたかった。「じゃあ、どういうことなの？」と彼女は訊くべきなのだ。わたしを質問ぜめにして、なにもかも言わせてしまうべきなのだ。そうしてわたしを納得させ、彼女が望むとおりに決めれば、わたしはもう棘《とげ》のある重苦しいこの気持ちに、悩まされなくなるはず。

アンヌは注意深くわたしを見た。暗めのプルシアンブルーの瞳が、その集中力と非難の色でいっそう暗くなる。わたしには、わかった。わたしに質問しよう、わたしを苦しみから解放しようなどとは、彼女はけっして思わないことが。そんなことは脳裏をかすめもしないのだ。そうするものではないと考えているのだ。わたしを痛めつけている気持ちのひとつにさえ思いおよばないし、もし気がついたとしても、軽蔑《けいべつ》と超然とした態度であしらうわけだ。そうされるのがふさわしいのだけれど！　アンヌは何ごとについても、的確にその重要性を見きわめる。だからわたしはどうしても、どうしても、彼女とは議論できない。

わたしはまた乱暴に突っ伏して、砂に心地よいあたたかさを感じながら、頬を押し当てた。ため息をつくと、体が少し震えた。ふとアンヌの手が静かに、でもしっかりわたしの首すじに触れて、そのままじっと押さえた。神経質な震えも、それで止まった。

「人生を複雑にしてはだめ」アンヌが言った。「あんなにうれしそうにはしゃいでいたあなた、そそっかしいあなたが、考えこんで悲しんでいるなんて。似合わないわ」

「そうね。わたしはなんにもわかっていない元気な若者。明るさと愚かさでいっぱい」

「お昼の時間ね」アンヌが言った。

父はすでに遠くにいた。この種の言いあいはきらいなのだ。わたしが追いつくと、父はわたしの手を取り、握った。がっしりとして、あたたかくほっとさせてくれる手だった。はじめての恋の苦しみに耐えきれなかったとき、この手が涙と洟《はな》を拭《ふ》いてくれた。静けさと完璧《かんぺき》な幸福を感じていたときも、この手がわたしの手を握っていてくれた。一緒にたくらみを働き、大笑いしたときには、こっそり握りしめてくれた。ハンドルを握っていた手。夜、錠にうまく差し込めずに鍵《かぎ》を握っていた手。女の人の肩に置かれていた手、タバコを持っていた手。その手を、わたしは失ってしまう。
わたしは父の手を、ぎゅっと握った。父はこちらを向いて、にっこり笑った。

第　二　章

二日が過ぎた。わたしは堂々めぐりをして、疲れはてていた。アンヌはわたしたちの生活を破壊する——その強迫観念から、逃れられずにいた。シリルには会おうと思わなかった。彼ならわたしを安心させ、多少は幸福感をもたらしてくれるだろうけれど、そういう気持ちになれなかった。わたしは解けない問いを自分に課し、過ぎた日々を思い出し、これからの日々を恐れることで、なんとなく自己満足にさえ浸っていた。

とても暑かった。よろい戸を閉めた部屋はうす暗かったが、それでも空気の重苦しさや湿気を取りのぞくことはできず、耐えがたかった。わたしはベッドにあお向けに寝そべり、天井を眺め、シーツのひんやりした感触を求めて、わずかに体を動かすだけ。眠りもせず、ベッドの足もとにあるプレーヤーに、メロディーのないゆっくりしたリズムのレコードばかりをかける。そうして何本もタバコを吸う。なんだか退廃的、と思うと、少しうれしかった。だがこんな一人芝居をしてはみても、ほんとうにそういう気持ちになることはできず、わたしは悲しく、途方に暮れていた。

ある日の午後、掃除の人《メイド》がドアをノックして、意味ありげに「下にどなたかいらしてます」と伝えにきた。すぐにわたしはシリルだと思った。だが下りていってみるとちがった。エルザだったのだ。エルザは再会の感激もあらわに、わたしの両手を握った。わたしは彼女を見つめ、その新たな美しさに驚かされた。とうとうきれいに日焼けして、肌は手入れも行きとどき、明るくむらもなく、若さで光り輝いている。

「荷物を取りにきたの」エルザは言った。「最近はジュアンがドレスを買ってくれるんだけど、足りなくて」

一瞬ジュアンって誰だろうと思ったが、そのままにしておいた。エルザにまた会えて、うれしかった。彼女からは、贅沢《ぜいたく》に暮らす愛人やバーや、気の張らない夜のパーティーなどの雰囲気が漂ってきて、幸せだった日々がよみがえってくる。「また会えてうれしい」とわたしが言うと、「私たち共通点がいろいろあったから、いつも気が合ったわよね」と彼女も言った。わたしはかすかな身震いを隠しながら、「二階のわたしの部屋へ行かない?」と言った。そうすれば、父とアンヌに会わなくてすむだろうから。父のことを言ったとき、エルザは、ぴくりと頭が動くのを抑えきれなかった。

まだ愛しているんだな、とわたしは思った……ジュアンがいても、ドレスを買ってもらっても。そしてこうも思った。三週間前だったら、わたしはこんな小さな動きには気がつかなかっただろう、と。

部屋では、エルザが海辺で過ごしたうっとりするような社交生活について、それがどれほど華麗か、熱心にしゃべるのを聞いていた。そうして、彼女の新たな輝きに触れたせいもあってか、奇妙な考えがわいてくるのをぼんやり感じていた。やがてエルザは自分から口を閉じた。わたしがずっと黙っていたからだろう。そして何歩か部屋を歩くと、ふり返ることなく、なにげない声で聞いた。

「レイモンは幸せにしてる?」

わたしは〈やった〉と思った。ひらめくものがあったのだ。頭のなかではいくつもの計画が交錯し、具体的なやり方もわきあがり、その論拠の重みで耐えきれなくなりそうだった。と同時に、エルザに言うべきことも決まった。

「『幸せ』だなんて、言いすぎ! それ以外、アンヌはパパになにも思わせないようにしてるんだから。あの人、とってもうまいのよ」

「とっても、ね!」エルザはため息をついた。

「あの人がパパに仕向けたこと、ぜったい当てられないわよ……あの人、パパと結婚するの」

エルザはぎょっとなって、ふり向いた。

「結婚する？　レイモンが結婚したいの？　彼が？」

「そう。レイモンが結婚するの」

喉《のど》もとに笑いがこみあげてきた。両手が震えた。エルザは殴られでもしたかのように、呆然《ぼうぜん》としている。彼女に考えるすきを与えてはいけない。結局父も年で、なかば玄人《くろうと》の女性たちと人生をやっていくことはできないわけだと、思いつかせてはいけない。わたしは身を乗り出すと、エルザの気を引くために、突然声を落とした。

「そんなこと、させたらいけないのよ、エルザ。パパはすでに苦しんでるわ。そんなこと無理なの、よくわかるでしょう、あなたなら」

「ええ」エルザがうなずいた。

彼女はすっかり気持ちを奪われたようだ。わたしは笑いだしたくなり、震えもいっそうひどくなる。

「あなたを待ってたの」わたしは続けた。「アンヌと戦うのにふさわしいのは、あなたしかいないもの。対抗できるのは、あなただけ」

エルザは、わたしのことばを信じたいに決まっている。

「でも結婚するっていうことは、彼女を愛してるってことでしょう」エルザが口をとがらせた。

「あのね」わたしはそっと言った。「パパが愛してるのはあなたよ、エルザ！　知らんぷりしようったって、だめ」

そして見ていた。彼女がまばたきをし、今わたしが与えた望みと喜びを隠すために、顔をそらすのを。わたしはくらくらとめまいのようなものを感じながら、働きかけていた。言うべきことばは、わかっていた。

「ねえ、あの人は、夫婦の安定とか家庭とか道徳といったものを装《よそお》って、パパをだましたの。そうしてパパを手に入れたのよ」

わたしは自分のことばに打ちのめされた……結局、それがわたし自身の感情だったから。幼稚で荒っぽい言い方にはちがいないが、それがわたしの考えそのものだった。

「もし結婚が成立したら、わたしたち三人の生活は破壊されるのよ、エルザ。パパを守ってあげなくちゃ。あの人は大きな子どもなんだもの……大きな子ども……」

わたしは力をこめて「大きな子ども」とくり返した。ちょっとメロドラマ的すぎるようにも思えたが、エルザの美しい緑の目は、早くも同情でうるんでいた。わたしは賛美歌のようにしめくくった。

「助けて、エルザ。わたしだけじゃなくて、これはあなたのためでもあり、パパのためでもあり、あなたたちふたりの愛のためでもあるの」

さらに心の内で、こう終わらせた。〈……それから、飢饉《ききん》にあった中国の人たちのため〉*

「でも私になにができるっていうの？」エルザが訊いた。「私には無理に思えるけど」

「無理だと思うんなら、いい」わたしは、いわゆる傷ついた声で言った。

「なんてひどい女！」エルザがつぶやいた。

「そのとおりね」わたしは言った。そうして今度は、わたしが顔をそむけた。

エルザはみるみる元気になっていった。彼女はしてやられたのだ、あの陰謀家の女に。だが今度は自分が、エルザ・マッケンブールが、その力を見せてやるのだ。それに父はエルザを愛している。エルザもほんとうはそれがわかっている。エルザ自身、ジュアンのそばにいても、レイモンのことを忘れられなかった。エルザは父に、たぶん家庭を築く話などしなかっただろう。だが少なくとも、父を退屈させなかった。そして結婚しようとはしなかった……

「エルザ」わたしは口を開いた。彼女とはもう一緒にいたくなかったからだ。「わたしのかわりにシリルのところへ行って、泊めてもらうようにたのむのよ。彼がお母さんとそうしてくれるだろうから。で、彼に、わたしは明日の朝会いに行くって伝えて。そうしたら三人で、一緒に相談しよう」

戸口のところで、わたしはおもしろ半分にこう言い足した。

「あなたは自分の運命を守るのよ、エルザ」

エルザはおごそかにうなずいた。ほんとうはおよそ十五もの運命があるのに、つまり彼女を囲おうとする男たちがいるのに、そんなものなどまるでないかのように。彼女が太陽の下を歩いていくのを、その踊るような足どりを、わたしは見ていた。父は一週間で、あらためてエルザがほしくなるにちがいない。

三時半だった。今ごろ父は、アンヌの腕のなかで眠っているのだ。そしてアンヌも、快楽と幸福の熱さのなかで、花開き、乱れ、のけぞり、今はまどろみに身をまかせているはず……わたしはすばやく、いっときも気を散らすことなく、計画を立てはじめた。部屋のなかを、休みなく歩きまわりながら。窓ぎわへ行き、窓のむこうに広がるこのうえなくおだやかな海や、浜辺に寄せては砕ける小波《さざなみ》に目をやる。それからドアのところまでもどり、折りかえす。計算し、推測し、反論はひとつずつすべてつぶしていく。頭がこんなに速く、いきいきと大胆に動くのを感じたことはなかった。自分でも、危険なほど抜け目がないなと感じた。そうして、エルザを説得したときからわき起こり、わたしを飲み込んでいた自己嫌悪《けんお》の波に、プライドに似た感情と、内々の共犯意識と、孤独感が、加わった。

けれど、すべてが崩れ去るのだ――言うまでもないかもしれないが――海で泳ぐひとときには。アンヌの前で、わたしは良心の呵責《かしゃく》に震え、どうやって取りつくろえばいいのかわからなかった。そこで彼女のバッグを持ち、海からあがってくるときには急いでローブを差し出し、心づかいと愛想のいいことばをふりまいた。このところ口もきかなかったあとでのいきなりのこうした変化は、彼女を驚かせずにはおかず、それからさらに、喜ばせた。

父も大喜びだった。アンヌがわたしに、ほほえみで感謝を表わし、明るく返事をしてくれるなかで、わたしは思い出していた。「なんてひどい女！――そのとおりね」というやりとりを。なぜあんなことが言えたのだろう？　なぜエルザの愚かさを、受けいれることができたのだろう？　明日になったら彼女に、もうよそへ行ってしまうように言おう。あれはまちがいだったと言ってしまおう。そうすればなにもかもが元どおりになる。そしてわたしは、結局合格するのだ、試験に！　たしかに通っておくといいだろう、大学入学資格試験《バカロレア》には。

「そうよね？」

わたしはアンヌに話しかけた。

「通っておくといいのよね、バカロレアには？」

アンヌはまじまじとわたしを見つめ、笑いだした。わたしも同じように笑いだした。アンヌがこんなに明るいのを見ているのが、うれしくて。

「あなたには、ほんとうにびっくり」アンヌが言った。

そう、わたしは〈ほんとうにびっくり〉の人間なのだ。まして、なにを計画したか、彼女にわかったなら！　わたしは死ぬほど話してしまいたかった。わたしがどれほど〈ほんとうにびっくり〉な人間か、アンヌに教えたくて！

〈エルザを喜劇に巻き込むの。彼女はシリルに恋しているふりをして、彼と一緒に暮すのよ。そうしてわたしたちは、ヨットで目の前を過ぎていくふたりを見かける。林や海辺でもふたりに出会う。エルザはまたきれいになったんだから。ああ！　もちろんあなたの美しさとはちがうけれど、男たちがふり返らずにはいられない、輝くような美人だもの。父はそう長くがまんできない。自分のものだった美女がこんなに早く、それも言ってみれば目の前で、元気を取りもどしているなんて、ぜったいに許さない。しかも自分より若い男と。どう、アンヌ？　父はじきにエルザがほしくなる。あなたを愛してはいても、自分の心をなだめるためにね。あの人、とってもうぬぼれ屋だから。というか、自信がないから。エルザはわたしの指示で、動くべきように動く。やがてある日、父はあなたを裏切り、あなたはそれに耐えられない。でしょう？　ほかに女がいることを、あなたは許せる人じゃない。だからあなたは出ていく。それがわたしの望んだこと。ええ、ばかげてる、でもベルクソンと暑さのせいで、わたしはあなたを恨んでいた。わたしが思いこんでいたのは……やめとくわ、あまりに観念的だしばかばかしい。バカロレアのせいで、わたしはわたしたちとあなたの仲を、引き裂きそうになってたの。母の友だちのあなた、わたしたちの友だちのあなたなのに。それでも通っておくといいのよね、バカロレアには。そうよね？〉

「そうよね？」

「なにが『そうよね』なの？」アンヌが言った。「バカロレアに通っておくといいっていうこと？」

「そう」わたしは言った。

結局、アンヌにはなにも話さないほうがいい。たぶん理解できないだろうから。アンヌには、理解できないことがいろいろあるのだ。

わたしは父に続いて海に飛び込み、いっしょにふざけ、そんな戯《たわむ》れの楽しさと水の気持ちよさを、うしろ暗さのない喜びを、ふたたび感じた。明日になったら、わたしは部屋を替えよう。学校の本を持って、屋根裏部屋に行こう。でもベルクソンは持っていかない。大げさに言うのは禁物。そうしてたっぷり二時間、孤独のなかで、静かに努力する。インクのにおい、紙のにおい。十月には合格、目を丸くしながらの父の笑い、アンヌの称賛、大学入学の資格《ライセンス》。わたしは頭のいい、教養豊かな、ちょっぴり超然とした人になるのだ。アンヌみたいに。もしかしたらわたしには、知的才能だってあるかもしれない……

この理にかなった——もちろん軽蔑《けいべつ》すべきではあるけれど、理にかなった計画を、わたしは五分で考えたのではなかったか。それにエルザ！　彼女の見栄《みえ》と心情につけこんで、わたしは彼女を丸めこんだ。あのつかのま、彼女を自分のものにしたかった。ただ荷物を取りにきただけだった彼女を。とはいえ、おもしろかった。わたしはエルザをねらうと決め、すきを見つけ、話す前に照準を定めていたのだ。こんな並はずれた快楽を、わたしははじめて知った。ある人の心の奥を見ぬき、あらわにし、白日のもとに連れ出して、そこでねらい撃ちにする。おもちゃのピストルの引き金に、慎重に指を当てるように、わたしは誰かを見つけようとしていたのだった。そしてすぐさま発射。命中！

こんなことは知らなかった。わたしはずっと衝動的すぎたから。撃ったとしても、不注意で。ところが突然、かいま見た。人の反射神経のみごとなメカニズムを。ことばの力というものを。それが嘘《うそ》によるものとは、なんと惜しいこと。いつかわたしが、誰かを激しく愛したら、そのときこそこんなふうに、その人へと向かう道を探すだろう。慎重に、やさしく、震える手で……

＊中国で飢饉があったときに、パリの街頭で寄付が募られた際のことば。よく悪用されたという。

第三章

翌日、シリルの別荘に向かいながら、わたしは知性の面での自信がかなりあやしくなっているのを感じていた。前の日の夕食で、わたしは〈体調の回復〉を祝っておおいに飲み、やたらと陽気になった。父には、文学部に行って勉強し、学識豊かな人たちとつきあって、わたしは有名になる、うんざりさせちゃうような人になる、と話した。だからパパは、わたしを売り出すために、広告宣伝とスキャンダルのあらゆる手を使わなくちゃならないのよ――。わたしたちは突拍子もないアイディアを出しあっては、大笑いした。アンヌも笑ったが、大目に見ているという感じの、もう少しおとなしい笑い方だった。ときどき、まったく笑わないこともあった。売り出しの話が、文学の範囲を、そして節度というものを、越えていたからだろう。でも父が、わたしとまたばかな冗談を言いあえてあきらかに楽しそうなので、なにも口を出さなかった。最後にふたりはわたしを寝かせ、上掛けをかけてくれた。わたしは熱心にお礼を言い、あなたたちがいなかったらわたしになにができるんだろう、と訊《き》いた。父は、ほんとうにわからなかった。アンヌのほうは、なかなか容赦ない考えがあるようで、「言って」とたのみこむと身をかがめてくれたが、そこでわたしは睡魔に負けた。

夜中、わたしは気持ちが悪くなった。朝の目ざめは、これまでのどんなつらい目ざめよりつらかった。ぼんやりした頭で、はっきりしない気持ちのまま、わたしは松林のほうへ向かった。朝の海も、騒ぎたてるカモメたちも、目に入らなかった。

シリルは庭の入り口にいた。わたしを見るなり飛んできて、両腕で引き寄せると、きつく抱きしめ、脈絡もなくつぶやきつづけた。

「ああ、どんなに心配したか……こんなに長く……きみがどうしてるかわからなくて、あの女がきみを不幸にしたのかどうかも……ぼくも、自分がこんなに不幸になるとは思ってもみなかった……昼すぎには毎日入り江の前を通った。一度、二度と。こんなにきみを愛してるとは思わなかった……」

「わたしも」

だが実は、わたしは驚いていた。そして心を動かされてもいた。まだ胸がむかむかして、その感動を彼に示せないのが残念だった。

「まっ青じゃないか。さあ、きみのことはもうぼくが引き受けるから。これ以上ひどい目にはあわせない」

きっとエルザが、あることないこと言ったなと、わたしにはピンときた。彼のお母さんにはなんと言っているか、わたしは訊いてみた。

「母には友だちだと言って紹介した。身寄りがない人なんだ、って。でもいい人だね、エルザは。あの女のことをぜんぶ話してくれたよ。不思議だよな、あんなに品のいい繊細な顔をして、そんなに陰険なことをするなんて」

「ずいぶん大げさに言ったのね」わたしは弱々しく言った。「彼女に言いたかったのは、ただ……」

「ぼくもきみに言いたいことがある」シリルがさえぎった。「セシル、きみと結婚したい」

わたしは一瞬、頭のなかがまっ白になった。なにかしなくては、言わなくては。ああ、このひどい吐き気さえなかったら……

「愛してる」シリルがわたしの髪のなかにささやいた。「法律の勉強はやめる。ひとついい仕事の話があるんだ……叔父が……ぼくは二十六だ、もう子どもじゃない、本気で言ってる。どう？」

わたしは必死に、どのようにもとれる美しいことばを探した。わたしは結婚したくなかった。シリルを愛してはいたが、結婚したくはなかった。誰とも結婚したくなかった。わたしは疲れていた。

「無理よ」わたしは口ごもった。「パパが……」

「お父さんなら、ぼくがなんとかする」

「アンヌもいるし」とわたし。「あの人、わたしはまだおとなじゃないからって言うわ。で、あの人が反対ならパパもそうなるのよ。わたし、疲れてて、シリル、こんなに気持ちが高ぶって、もうだめ。すわらない？　エルザが来たわ」

エルザは部屋着をまとい、みずみずしい輝きを放ちながら下りてきた。わたしは自分が、やせてくすんでいるような気がした。エルザもシリルも、ふたりとも健康で生命力にあふれ、興奮してもいて、それがわたしをいっそう滅入《めい》らせる。エルザは、まるでわたしが刑務所から出てきたばかりのように、こまやかな気配りでわたしをすわらせた。

「レイモンは元気？」エルザはたずねた。「私が来てるって知ってる？」

その顔には、許した者、希望を抱いている者の、幸福そうな微笑が浮かんでいた。彼女に〈パパはもうあなたのことは忘れちゃったわ〉とは言えなかった。そしてシリルに〈結婚はしたくない〉とも言えなかった。わたしは目を閉じた。シリルがコーヒーを取りにいってくれた。エルザはしゃべりにしゃべった。見るからに、わたしを非常に頭の切れる人間だと思って、信じている。コーヒーはとても濃く、とても香り高かった。太陽がわたしを少し力づけてくれた。

「いろいろ考えてみたけど、だめだった。解決策は見つけられなかったわ」エルザが言った。

「ないよ、そんなもの」シリルが言った。「夢中だろ、すごい影響力さ。どうしようもない」

「あるわよ」わたしは言った。「ひとつ方法があるのよ。想像力ってものがないのね、あなたたち」

ふたりがわたしのことばに固唾《かたず》を飲むのは、気分がよかった。ふたりともわたしより十歳ほども年上なのに、なにも考えつかないのだ！　わたしはざっくばらんな調子で言った。

「心理学の問題ね」

そして延々と話し、計画を説明した。ふたりは、前の日にわたしが自分でも思ったのと同じ反対意見を言ったので、それらをつぶしながらゾクゾクするようなうれしさを感じた。その場は盛り上がり、ふたりを説得したい気持ちが高じて、今度はわたしが夢中になっていた。〈できる〉とわたしはあきらかにしてみせた。あとは〈それをしてはいけない〉と示すだけだったが、同様に論理的な理屈が見つからなかった。

「そういうやり方は好きじゃないな」シリルが言った。「でもきみと結婚するのにそれしかないなら、やろう」

「アンヌのせいだけじゃないけど」わたしは言った。

「でもあの人がいたら、あなたは、あの人が望む人と結婚することになるわけでしょう」エルザが言った。

たぶん、そうだろう。わたしが二十歳になった日に、アンヌが若い男性を連れてくるのが目に見えるようだ。同じように大学を出ていて、輝かしい未来を約束され、知的で安定していて、もちろん誠実な。ちょっとシリルみたいではないか、それならば。

わたしは笑いだした。

「たのむから笑わないで」シリルが言った。「ぼくがエルザを愛してるふりをしたら、嫉妬《しっと》するって言ってくれ。どうしてそんなことを考えられたの？　ぼくを愛してる？」

シリルは声をひそめていた。エルザは、それとなくその場を離れた。張りつめたシリルの褐色の顔を、暗い瞳《ひとみ》を、わたしは見つめた。この人はわたしを愛している。そう思うと不思議な感慨に打たれた。わたしは彼のくちびるを見つめた。血色よくふくれ、こんな間近にあって……もう自分の知性など、どこに行ったかわからなくなった。彼がわずかに顔を寄せ、くちびるが触れあい、それから今度は重なった。わたしはすわったまま、目を開けていた。わたしの口の上で、彼の口は熱く、かたく、動かなかった。やがてそこに小さく震えが走り、彼はそれを止めようとして、さらに口を押しつけた。それからそのくちびるが開いて、キスは本格的になり、あっという間に有無を言わさない調子に変わり、巧みな、あまりに巧みな動きになって……わたしにはわかった。わたしは大学に入り、そして卒業するための勉強に打ちこむよりも、太陽の下で男の子とキスする才能のほうに恵まれている、と。わたしは息を切らしながら、彼から少しだけ体を離した。

「セシル、ぼくら一緒に暮さなきゃ。そのちょっとした演技なら、エルザとやるから」

計算は、まちがっていないだろうか。わたしは自問した。この喜劇《コメディ》の黒幕であり、演出家であるのはわたしだ。いつでもやめることができるはずだ。

「きみ、妙なことを考えつくんだな」

わたしを斜めに見ながら、彼は独特の笑みをかすかに浮かべた。するとと上くちびるが反り、悪役のような表情になる。とても美しい悪役……

「キスして」わたしはささやいた。「キスして、早く」

　こうしてわたしは、喜劇の幕を開けた。心ならずも無頓着《むとんじやく》に、好奇心から。ほんとうは憎しみと暴力的な気持ちから、はっきり自分の意思で始めたほうがよかったと、ときどき思った。そうすれば、少なくとも自分自身を非難することができる。無気力や太陽や、シリルのキスのせいにするのではなくて。

　およそ一時間後、わたしはかなりとまどいながら、ふたりと別れた。安心するには、まだよく考えなくてはならない点がいくつもある。この計画はうまくいかないかもしれない。父は、もうアンヌしか愛せないほど彼女に夢中なのかもしれない。それにシリルもエルザも、わたしなしではなにもできないのだ。もし父がこの計画に引っかかりそうになったら、そこで演技をやめる理由を探そう。自分で行なった心理的な計算が、正しかったかちがっていたか見るのは、いつだっておもしろいのだから。

　おまけに、シリルはわたしを愛している。わたしと結婚したがっている。そう思うだけで、わたしは舞い上がった。もし一年か二年、わたしが成人になるまで待ってくれたら、あのプロポーズを受けいれよう。シリルと暮し、彼にくっついて眠り、離れることなくいつも一緒にいる自分を、わたしは思い描いた。日曜日には、仲のいい夫婦となったアンヌと父とともに、食事にでかける。シリルのお母さんも一緒かもしれない。そうしたら、いかにも家族の食事らしい雰囲気になるではないか。

テラスにはアンヌがいた。それから父と合流しようと、浜辺まで坂道を下りた。アンヌは、前日飲みすぎた人への皮肉な表情で、わたしを迎えた。わたしは、寝る前に彼女が言いかけたことがなんだったか訊いてみたが、「気を悪くするだろうから」と笑って、とりあってくれなかった。父が海からあがってきた。がっしりとたくましく、惚《ほ》れぼれするほどすてきだ。わたしはアンヌと泳いだ。アンヌは髪をぬらさないよう、顔を海面に出してゆるやかに泳いだ。それからわたしたちは、三人そろって浜辺で腹ばいになった。ふたりのあいだにわたしが入って、静かに、おだやかに。

　そのときだった。入り江の端に、帆をぜんぶ揚げたヨットが姿を現した。父がまっ先に気がついた。

「ああ、あのシリルくん、とうとうがまんできなくなったんだな」父は笑って言った。「アンヌ、もう許してやらないか？　ほんとうはいい子なんだし」

　わたしはふたたび顔を上げた。いやな予感がした。

「あれ、なにしてるんだ？」と父。「入り江を過ぎてしまうぞ。ああ！　ひとりじゃないな……」

今度はアンヌが顔を上げた。ヨットはわたしたちの前に差しかかり、通りすぎようとしていた。シリルの顔がわかった。心のなかで、〈早く行って、お願い〉とわたしは彼に叫んでいた。

父の大声で、わたしはびくっとした。だがそれを、わたしはもう二分も待っていたのだ。

「あれ……あれは、エルザじゃないか！　あんなところでなにしてるんだ？」

父がアンヌのほうにふり向いた。

「いや、すごいな！　彼女、哀れなあいつをつかまえて、老婦人にも認められたってわけか」

だがアンヌは聞いていなかった。わたしを見つめていた。その視線にぶつかって、わたしは恥じる思いでいっぱいになりながら、顔を砂にうずめた。アンヌは手を差しのべて、わたしの首に置いた。

「こっちを見て。私を恨んでる？」

わたしは目を開けた。心配そうな、ほとんどすがるようなアンヌのまなざしが、こちらにそそがれている。今はじめてアンヌは、わたしを感受性の強い、ものを考える存在として見ているのだ。よりによって演技を始めた日に……わたしはうめき、荒々しく父のほうを向いて、アンヌの手を振りはらった。父はヨットを見つめていた。「かわいそうに」ふたたびアンヌの声がした。低い声だった。「かわいそうに、セシル、これは私のせいでもあるわね。あんなにきつく言うべきじゃなかったのかもしれない……あなたに苦しい思いはさせたくなかったのよ、信じてくれる？」

アンヌはわたしの髪を、首すじを、やさしくなでた。わたしは身じろぎもしなかった。まるで、波とともに足もとの砂が引いていくときのような感じがした。敗北に、やさしさに、身をまかせてしまいたい衝動に駆られ、ほかのどんな感情も、怒りも欲望も、わたしを突き動かしてはくれなかった。こんな喜劇なんかやめて、わたしの人生を、その最後の日々まであずけ、この人の手に自分をゆだねてしまいたい。これほど執拗《しつよう》で、激しく迫ってくる弱さを実感したのは、はじめてのことだった。わたしは目を閉じた。心臓が止まった気がした。

第四章

父は、驚き以外の感情を表わさなかった。掃除の人《メイド》は、エルザは荷物を取りにきて、すぐ行ってしまったと父に話した。彼女とわたしが会ったことを、なぜ言わなかったのかわからない。この土地の人で、あれこれ想像をふくらませるのが好きだから、わたしたちの状況をかなりおもしろいものと思っていたにちがいない。特に、寝室の交換という仕事をしてからは。

父とアンヌは後悔にさいなまれたまま、わたしに気づかいとやさしさを示してくれた。わたしは最初、それが耐えがたかったが、すぐに心地よくなっていった。そもそも自分で招いたことだとしても、ぴったり腕を組んですばらしくうまくいっている様子を見せつけながら行くシリルとエルザに、あちこちで出くわすのは、とても気分のいいものとは言えなかったからだ。もうヨットにも乗れず、できることといえば、風に髪を乱されながら通りすぎていくエルザを眺めることだけ。以前はわたしが、ああして風に吹かれていたのに。

ふたりに出会ったとき、心を閉ざし、無関心を装《よそお》うのには、なんの苦労もなかった。なにしろ、どこに行ってもふたりに会う。松の林で、村で、街道で。アンヌはちらりとこちらを見て、なにかちがう話をし、わたしを力づけようと肩に手を置いてくれる。彼女はやさしいと、すでに書いただろうか？ そのやさしさは、知性が洗練されたものなのか、単にいつもの超然としたものが別の形になっただけなのか、わたしにはわからない。ただアンヌは必ずなにか言って、適切な身ぶりも添えてくれた。もしわたしがほんとうに苦しんでいたなら、これ以上の支えはなかったことだろう。

というようなわけで、わたしはあまり不安になることもなく、事の流れに身をまかせていた。最初に書いたとおり、父は嫉妬《しっと》のかけらも見せなかったのだ。アンヌへの愛情のほどがよくわかったが、それならばこの計画はうまくいかないので、少し腹立たしくもあった。

ある日、父とわたしが郵便局に入ろうとしたところ、エルザがちょうど通りすぎた。エルザはこちらに気がつかなかったようで、父はまるで知らない女性を見るように、小さく口笛を吹きながらふり返った。

「なあ、ずいぶんきれいになったね、エルザは」

「恋のおかげね」わたしは言った。

父は驚いた目でわたしを見た。

「だいぶ平気になったみたいだな……」

「しかたないじゃない。あのふたり、同年代なんだもの。そうなる運命だったってことだわ」

「アンヌが来なければ、そうなる運命なんかであったもんか」

父はひどく怒っていた。

「おれがその気になれば、ガキなんかに女をとられやしないってわからないのか？」

「それでも年齢って、ものを言うんでしょうね」わたしはおごそかに言った。

父は肩をすくめた。だが帰り道、父は気になりだしたようだった。エルザは実際若いし、シリルもまた若いと考えていたのかもしれない。そして、自分が同じような年の女性と結婚することで、これまでは年齢を超越した男という部類に属していたのに、そこから脱落してしまうのだ、とも思ったかもしれない。わたしのなかに、思わず勝利の感情がこみあげてきた。ただアンヌの目じりや口のまわりに刻まれた小さな浅いしわを目にしたときには、自分を責めた。もっとも、衝動のままに動き、あとから後悔するのでは、あまりに安易だ……

一週間が過ぎた。シリルとエルザは、自分たちの働きがどのように作用しているのかわからないまま、毎日わたしを待っているにちがいなかった。だがふたりのところへは、行く気になれなかった。またわたしを質問ぜめにするだろうし、そういうのはいやだったのだ。それに午後は、勉強すると言って、いつも二階の部屋に上がっていた。でも実際にはなにもしていなかった。というか、ヨガの本を見つけたので、それに大まじめで取り組んでいた。ときどきひとりで、声に出さずに笑いくずれながら。アンヌに聞こえるといけないから。

なにしろ彼女には、必死に勉強していると言ってあった。そして、失恋の痛手を彼女のなぐさめで癒《いや》しながら、いつかりっぱな学士になるという希望に向かっている役を、少しばかり演じていた。アンヌもよくやっていると認めているように、わたしには感じられた。そこで、食卓でカントを引用してみたりもしたが、これには目に見えて父の機嫌が悪くなった。

ある午後、わたしはインド人らしい雰囲気をもっと出そうと、バスタオルを体に巻いて、右足を左の腿《もも》の上に置き、鏡に映った自分をじっと見つめていた。べつにそうやって悦に入っていたわけではなく、ヨガ行者の高度な次元に達したいと思ったのだ。そこにノックの音がした。わたしは掃除の人《メイド》だと思い、なにも気にせず「どうぞ」と叫んだ。

ところがそれは、アンヌだった。彼女は入り口で、一瞬こわばったように立ち止まり、それからほほえんだ。

「なんのお遊び？」

「ヨガよ。でもこれは遊びじゃなくて、インド哲学」

アンヌは机に近づき、本を手に取った。わたしは不安になってきた。本は百ページのところが開けてあり、ほかのページも〈実行不可能〉とか〈疲れすぎ〉といったわたしのメモで覆《おお》われている。

「ずいぶん念入りね。で、あんなに話していたあのパスカルについての小論文は、どうなったの？」

たしかにわたしは食卓で、パスカルの一文について考えたり勉強したりしているふりをしながら、おもしろがって長々と論じたことがあった。だが当然、ひと文字も書いてはいない。わたしは身動きしなかった。アンヌはこちらをじっと見つめ、事の次第を理解した。

「勉強しないのも、鏡の前でいろんな格好をするのも、あなたの勝手！　でも、それでお父さまや私に嘘《うそ》をついて喜んでいるのは、とんでもないことだわ。あなたが急に知的な方向に向かったのには、驚いていたけれど……」

アンヌはそのまま出ていき、わたしはバスタオルを巻きつけたまま、動くこともできずにいた。これをなぜ〈嘘〉と言われなければならないのだろう。彼女を喜ばせようと思って小論文の話をしたのに、突如《とつじょ》、その彼女が軽蔑《けいべつ》でわたしを打ちのめしたのだ。すでにわたしは、このところのアンヌの新しい一面にすっかり慣れていたので、静かながら屈辱的なこの軽蔑に、かっと血がのぼった。

わたしはタオルをはぎとり、パンツに古いシャツブラウスを着て、飛び出した。外は焼けつくような暑さだったが、わたしは怒りに駆られて走りつづけた。自分は恥じていないと確信をもてない分、怒りはいっそう激しかった。そのままシリルの家まで走り、別荘の入り口に着くと、息を切らしながら足を止めた。午後の熱気のなかで、建物は奇妙に奥深く、静まりかえって、中にいくつもの秘密がひそんでいるように見える。

わたしはシリルの部屋へ上がっていった。部屋は、以前みんなでお母さんに会いにきた日に見せてもらったのだ。わたしはドアを開けた。彼は眠っていた。腕に片方の頬を乗せ、ベッドに斜めに寝そべっている。その姿を、わたしは少しのあいだ見つめていた。彼がはじめて無防備に、いじらしく感じられた。わたしは小声で名前を呼んだ。目が開き、こちらを見たとたんに、彼は飛び起きた。

「きみ？　どうしてここに？」

そんな大声を出さないでと、わたしは合図した。もしお母さんが来て、息子の部屋にわたしがいるのを見たらきっと……いや、誰だってそう思うだろう……。わたしは急にどぎまぎして、ドアのほうへもどろうとした。

「どこ行くの？」シリルが叫んだ。「おいで……セシル」

シリルはわたしの腕をつかんで、笑いながら引きもどした。わたしはふり向いて、彼を見た。その顔は青ざめていた。わたしもまた青ざめていたにちがいない。彼はわたしの手首をはなしたが、次の瞬間、わたしを両腕のなかに抱きすくめると、ベッドに引き込んだ。わたしはぼんやりと思った――そうなるんだ、そうなるんだ。

そして愛の輪舞曲《ロンド》が始まった。怯《おび》えが欲望に手を差し出し、やさしさ、激高、やがて荒々しい苦痛から、勝ち誇るような快楽へ。わたしは幸運だった――それにシリルにもこまやかなやさしさがあった――この日から快楽を味わったとは。

わたしは一時間、彼のかたわらにいた。茫然《ぼうぜん》となり、驚きながら。これまでいつも、愛なんて簡単と聞いてきた。わたし自身、年齢からくる無知のために、平気でそう言っていた。だが、もう二度とそんなふうには言えない気がした。そんなふうに人ごとのように、乱暴には。シリルはわたしに体をつけて横たわったまま、きみと結婚する、一生きみをはなさないと言った。わたしがなにも言わずにいると、不安がった。それでわたしは起き上がり、じっと彼を見て、「いとしい人」と呼んだ。彼が身を乗り出した。わたしはまだ脈打っている彼の首にくちびるをつけ、ささやきつづけた。「大好き、シリル、大好き」

この瞬間、それが彼への愛だったのかどうかはわからない――わたしはすぐ気の変わる人間だったし、そうではないと考えようとも思わないし――それでもこの瞬間、わたしは自分を愛する以上に、彼を愛していた。彼のためなら命も差し出せた。帰りがけに、怒っていないかと彼は訊《き》いた。わたしは思わず笑った。この幸福を、怒るなんて！……

わたしは疲れはて、ぐったりして、重い足どりで松の林を帰っていった。シリルには、送ってこないでとたのんだ。危険すぎるから。快楽の跡がはっきりと顔に出て、人にわかってしまうのではないかというのも不安だった。目の下のかげりや、くちびるの腫《は》れ方や、震えから。

家の前では、アンヌがデッキチェアにすわって、本を読んでいた。でかけていたことについての上手な嘘は考えておいたのだが、アンヌはなにも訊かなかった。彼女はけっしてなにも訊いてこない。それでわたしは、黙ってそばにすわった。でかける前、いさかいになったことを思い出しながら。そうしてじっとしたまま、目をうっすら閉じ、自分の息づかいと指の震えに気をつけていた。ときどきシリルの体の感触や、いくつかの瞬間が切れぎれによみがえってきて、なにも考えられなくなった。

わたしはテーブルからタバコを一本取って、マッチをすった。火はすぐに消えた。わたしは二本めを取ると、慎重に火をつけた。風もなく、ただわたしの手が震えているだけだったからだ。だがその火も、タバコにつけようとしたとたんに消えた。わたしは文句を言いながら、三本めを取った。するとそのとき、なぜかそのマッチが、わたしにとって生死を分けるもののような気がしてきたのだ。たぶんアンヌのせいで。アンヌが急に無関心でなくなって、ほほえむことなく、注意してわたしを見つめだしたから。不意にまわりの景色も時間も消えて、そこにはもうマッチと、その上のわたしの指と、灰色のマッチ箱と、アンヌの視線しかなかった。心臓が乱れて、高鳴りはじめる。わたしはマッチの上で、指をこわばらせる。炎が上がり、むさぼるようにわたしが顔を近づけるなか、火はタバコの先にかぶさり、そして消えた。マッチ箱が地面に落ちた。わたしは目を閉じた。もの問いたげな、きびしいアンヌの視線が、重くのしかかってくるようだ。誰でもいいからどうにかして、この時間を終わらせてと、わたしは必死で願った。アンヌの両手が、わたしの顔を上向ける。わたしは視線を合わせるのが怖くて、きつくまぶたを閉じる。そこから涙があふれ出すのを、わたしは感じていた。衰弱の涙、不手際《ふてぎわ》の涙、快楽の涙。するとアンヌは、あらゆる質問をあきらめたかのように、なにも知ろうとしない静かな動作で両手をおろし、わたしをはなしたのである。そうしてタバコに火をつけ、わたしにくわえさせると、ふたたび読書に没頭しはじめた。

このふるまいに、わたしは象徴的な意味を与えた。いや、与えようとしてみた。けれど今でも、マッチをすりそこなうと、わたしはあの奇妙な瞬間をありありと思い出す。わたしとわたしの動作のあいだにあった溝、アンヌの視線の重さ、がらんどうになってしまった周囲、そしてそのがらんどうの深さを……

第五章

　今語ったこのできごとが、あとになんの影響も及ぼさないはずはなかった。周囲にごくひかえめな反応しか示さず、自信にあふれた人によく見られるように、アンヌも妥協を許しはしなかった。そしてあのふるまい、わたしの顔をきびしくつかんでいた両手をそっとはなしたあのふるまいは、彼女にとって、その妥協だったわけだ。なにかを察し、それをわたしに白状させることができたのに、最後の瞬間に、哀れみからか無関心からか、やめてしまった。そもそも、わたしの指の震えを大目に見たのと同じように、彼女はわたしの面倒を見たり、しつけたりするのに手を焼いていた。アンヌにそうした保護者や教育者の役をさせるのは、義務感以外のなにものでもない。父と結婚することで、彼女は同時にわたしのことも引き受けるのだ。

　わたしは、こうしたアンヌのいつもながらの非難――といっていいだろうか――が、いらだちや、もっと鋭い感情からくるものであってほしかった。それならあっという間に、習慣のなかに飲み込まれていく。人は、他人の欠点には慣れていくものだ。それを直すのを、義務と思っていなければ。だからその場合、半年もすれば、彼女もわたしをどうでもいいとしか思わなくなるだろう。愛情をこめて、どうでもいいと。そしてそうなることこそ、わたしには必要なのだ。

けれど実際には、アンヌはそう思うようにはならないだろう。わたしに責任を感じているし、ある意味、ほんとうに責任を負うようになるのだから。わたしが、まだ本質的に未熟であるために。未熟で、がんこであるために。

というわけで、アンヌは怒っており、わたしにそれを感じさせてもいた。何日後かの夕食のとき、またしても夏休みの勉強という頭にくる話題で、とうとう言い争いになった。わたしは多少言いすぎ、父まで気を悪くして、最後はアンヌがわたしを部屋に閉じこめ、鍵《かぎ》をかけた。どちらも、大きな声など少しも出さないまま。はじめわたしは、なにをされたか気づいていなかった。やがて喉《のど》がかわいて、ドアまで行った。ところがどうしてもドアが開かない。それで閉じこめられたとわかった。生まれてこのかた、一度もそんなことをされたことはなかったので、わたしは完全に気が動転した。窓に駆け寄ったが、そこから脱出する手だてもない。わたしはパニックにおちいり、ふり返って今度はドアに体当たりしたが、肩にひどく痛い思いをしただけだった。それからなんとか鍵をこじ開けようとした。歯を食いしばりながら。大きな声を出して誰かに開けてもらうのは、いやだったから。

結局、爪《つめ》切りを鍵穴に差し込んだまま、わたしはからっぽの両手で、部屋のまんなかに立ちつくした。そしてじっと動かず、自分の考えがはっきりしてくるにつれて、胸のうちに広がっていく静けさと落ち着きの種類に気持ちを向けていた。それははじめての、残忍さとの出会いだった。自分のなかに残忍さがきざし、強まっていくのを、固まっていく考えとともに感じていた。わたしはベッドに寝ころがり、念入りに計画を立てた。でもその残忍さは、そもそものきっかけとあまりにつりあっていなかったので、わたしは午後、二度も三度も起き上がって部屋から出ようとし、開かないドアにぶつかってはそのたびに驚いた。

六時、父がドアを開けにきた。そして部屋に入ってきたので、わたしは機械的に立ち上がった。父は無言でわたしを見つめ、わたしはまたも機械的にほほえんだ。

「少し話すか？」父が聞いた。

「なにを？　そういうの大きらいでしょ。わたしもだわ。なんにもならない弁解なんか……」

「そうだな」父はほっとしたようだ。「アンヌには、やさしくしてくれないと。しんぼう強く」

このことばに、わたしは驚かされた。わたしがアンヌにしんぼう強くする……逆ではないか。要するに、父は自分の娘にアンヌを押しつけると感じているのだ。まったく逆だ。でもそれなら、どんな望みもかないそうだ。

「わたしが悪かったと思う。アンヌにあやまります」

「おまえ……んー……おまえは幸せか？」

「そりゃあもう」わたしはかろやかに答えた。「それで、もしわたしたちがアンヌとあまりにうまくいかなかったら、わたし、ちょっと早めに結婚する。それだけのこと」

そのような解決は、父を苦しめるに決まっていることが、わたしにはわかっていた。

「そんなことするもんじゃない。『白雪姫』じゃないんだから……それに、そんなに早くパパのもとを離れて平気なのか？　まだ二年しか一緒に暮してないんだぞ」

これは、父と同じく、わたしにとっても耐えがたい考えだった。自分が父に抱きついて泣き、過ぎ去った幸せと高ぶった感情について話す場面を、わたしはぼんやり想像した。このたくらみは無理だ、と思った。

「大げさだったわ。アンヌとわたしは、結局うまくいってるのよ。お互いゆずりあって……」

「ああ。もちろん」

だが父も、わたしと同様、そのゆずりあいが相互のものでなく、わたしの側からの一方的なものになるのだろうと思ったにちがいない。

「ねえ、よくわかってるんだけど、アンヌはいつも正しいでしょ。あの人の人生は、わたしたちの人生よりずっとうまくいってるし、ずっと重い意義があるし……」

父は無意識のうちに、小さな抗議のしぐさをしたが、わたしは続けた。

「……これからひと月かふた月で、わたしはアンヌの考えを完全に身につけるつもりよ。そうしたらもう、つまらない言い争いもなくなるわ。ちょっとがまんすればいいだけ」

父は、見るからにとまどって、わたしを見つめた。

そして、たじろいでもいた。そんなことになったら父は、将来のちょっとしたあやまちに際して、わたしという共犯者を失ってしまう。いろいろあった過去も、少し失ってしまう。

「大げさなことを言うもんじゃない」父は弱々しく言った。「たしかにおまえに送らせた生活は、年相応のものじゃなかったかもしれないし……んー、僕の年にもふさわしくなかったかもしれない。でも、ばかげた生活とか不幸な生活でもなかったはずだ……うん。結局のところ、僕らはこの二年……んー……悲しすぎるということは、いや、途方に暮れることはなかった。アンヌの物の見方が多少ちがうからといって、そんなふうになにもかも否定することはない」

「否定することはないけど、あきらめなきゃいけないのね」わたしは確信をもって言った。

「そうだな」父は、気の毒にもそう答えた。そしてわたしたちは、階下に下りていった。

わたしは少しも気づまりになることなく、アンヌにあやまった。アンヌは、あやまったりしなくていいの、言い争った原因はきっと暑さだったんでしょう、と言った。わたしは心が軽くなり、陽気になるのを感じていた。

約束どおり、わたしは松の林でシリルに会った。そして、これからするべきことを告げた。彼は、恐れと感心の入りまじった表情で聞いていた。それからわたしを抱きしめた。でも時刻はもう遅く、わたしは帰らなくてはならなかった。彼から離れるつらさには、自分でも驚いた。彼が、もしわたしをつなぎとめておくものを探していたのなら、まさにそれを見つけたと言えるだろう。わたしの体は彼を覚え、自分自身を見いだし、彼の体に触れて花ひらいたのだ。

わたしはシリルに激しくキスをした。彼を痛がらせたかった。そして跡《マーク》を残したかった。ひと晩じゅう、いっときもわたしを忘れないように。夜はわたしの夢を見るように。彼のいない夜なんて、わたしと触れあう彼のいない夜なんて、その巧みさ、突然の激しさ、そしてゆったり続く愛撫《あいぶ》のない夜なんて、長すぎるから。

第六章

翌朝、わたしは街道を散歩しようと父を誘った。わたしたちは、たわいないことを楽しくしゃべった。別荘への帰り道は、松の林を通っていこうとわたしが言った。時刻は十時半。予定どおりだ。父が先を歩く。道は狭く、イバラが茂っていて、わたしが脚に引っかき傷を作らないよう、父が次々にかき分けながら進む。その足が止まったとき、わたしは〈見たな〉とわかった。そして父のそばまで行った。シリルとエルザが松葉の上に横たわり、田園での幸福感をまぶしく放ちながら眠っている。ふたりにそう勧めたのはわたしだが、こうして見ると、胸が引き裂かれる思いだ。エルザの父への愛、シリルのわたしへの愛、それらがあっても、ふたりはともに美しく、若く、互いにぴったり寄り添って……わたしはちらりと父を見た。父は固まったように動かず、異様に蒼白《そうはく》になって、ふたりを凝視している。わたしは父の腕を取った。

「起こしたらいけないわ。行きましょ」

父は最後にもう一度エルザを見た。みずみずしい美しさで、あお向けに横たわっているエルザを。きれいな小麦色に焼け、赤毛で、とうとう捕われた若い水の精《ニンフ》のように、くちびるにはかすかな微笑をたたえて……父はきびすを返すと、大またで歩きだした。

「あの女」父がつぶやいた。「あの女！」

「どうしてそんなふうに言うの？　彼女は自由でしょ、ちがう？」

「そういうことじゃない！　おまえはやつの腕のなかにいるシリルを見て、愉快だったか？」

「もう愛してないもの」

「おれだって、エルザを愛しちゃいない」父は激怒して叫んだ。「それでもあれには腹が立つ。おれは、うう……あいつと暮してたんだから！　もっといまいましいんだよ……」

わたしにはわかっていた。それがどんなにいまいましいか！　父も、わたしと同じ衝動に駆られたにちがいなかった。突進してふたりを引き離し、自分の財産を、かつて自分の財産だったものを、取りかえす——。

「そんなことアンヌが聞いたら！……」

「なに？ アンヌが聞いたら？……そりゃ彼女には理解できないさ。でなければ気を悪くする。それがふつうだろう。でもおまえは？ おまえはおれの娘だろ？ おまえも理解できないのか、気を悪くしたのか？」

父の考えを操るのは、なんとたやすいことだろう。父のことをこんなによくわかっているのが、わたしは少し怖かった。

「気なんか悪くしない。でも物事は、正面から見ないと。エルザは忘れっぽくて、シリルを気に入って、パパのものじゃなくなったのよ。特にパパがあの人にしたことを考えれば、ふつう許せないでしょ……」

「おれがその気になれば」父は言いかけて、口をつぐんだ。はっとしたように……

「無理よ」わたしはきっぱりと言った。エルザを取りもどす可能性について話すのが、当然であるかのように。

「いや、そんなことは考えちゃいない」常識に立ちもどって、父は言った。

「そりゃあね」わたしは肩をすくめて言った。

そのしぐさはこういう意味だった。〈不可能よ、お気の毒さま、パパはレースから降りたんだから〉

父は別荘まで、もう口をきかなかった。そして帰り着くと、アンヌを抱きしめ、しばらくそうしたまま目を閉じていた。アンヌは驚きながらもほほえんで、されるがままにしていた。わたしは部屋を出ると、廊下の壁にもたれた。恥じて震えながら。

二時、シリルの小さな口笛が聞こえたので、わたしは海辺まで下りていった。彼はすぐにわたしをヨットに乗せ、沖をめざした。海はがらんとしていた。こんなに太陽が照りつけていては、誰も外に出ようと思わないのだ。沖に出ると、シリルは帆を下ろして、わたしのほうを向いた。このときまで、わたしたちはほとんどなにも話していなかった。

「今朝……」シリルが口を開いた。

「黙って。ああ！　黙って……」

彼はヨットに敷いたシートの上に、わたしをやさしく押し倒した。わたしたちは、汗だくになり、すべり、不器用で、もどかしかった。わたしたちの下で、ヨットが規則正しく揺れ動く。わたしは、ちょうど真上にある太陽を見ている。すると突然、せっぱつまった、けれどやさしいシリルのささやき声がして……太陽が空からはずれ、破裂し、わたしの上に落ちてきた。どこなの、ここは？　海の底、時間の底、快楽の底……わたしは声をあげてシリルを呼んだ。答えはなかった。彼には答える必要もなくなっていた。

それから、塩水のさわやかさ。わたしたちは一緒に笑いあった。目がくらむような心地で、気だるく、感謝しながら。わたしたちには太陽と海があり、笑いと愛があった。いつか、この夏と同じように、そうしたものをわたしたちがまた見いだすことはあるのだろうか？　恐れや悔恨が加わったこの輝きとともに、この激しさとともに……

愛によって知った、肉体のとてもリアルな快楽のほかに、それについて考える知的な快楽といったものも、わたしは感じていた。〈愛しあう〉という表現は、意味でふたつに分けると、ことばがいきいきしていて、それ自体魅力的だ。詩的な抽象概念の〈愛〉ということばに、実際的で現実的な〈しあう〉ということばが結びついているのが、すごくすてき。以前わたしは、なんの恥じらいも気まずさもなく、このことばを口にしていた。その味わい深さにも、気づいていなかった。だが今では、自分が慎み深くなったと感じる。父がアンヌを少しばかりじっと見つめていると、思わず目を伏せるし、アンヌが、これまではしなかったような低く品のない笑いをもらすと、父もわたしも血の気が引いて、窓の外に目をやる。その笑いがどんなふうか、わたしたちが言っても彼女は信じないだろう。アンヌは父に対して、愛人としてではなく恋人として、やさしい恋人としてふるまっていたから。でも夜にはきっと……などという想像を、わたしは自分に禁じていた。いやらしい考えはきらいだ。

日々が過ぎていった。わたしはアンヌと父とエルザのことを、少し忘れて暮していた。愛は、わたしをいきいきと注意深くさせたかと思うと、ぼんやりさせ、やさしく、物静かにもさせた。シリルはわたしに、子どもができるのは怖くないかと訊《き》いた。あなたにまかせる、とわたしは言った。それが自然だと彼も思ったようだ。わたしがあんなに簡単に彼に身をまかせたのも、たぶんこのためだったと思う。シリルはわたしに責任を負わせたりはしないだろうから。もし子どもができても、彼が矢面《やおもて》に立ってくれるだろうから。わたしがぜったいにいやなものを、彼は引き受けてくれるのだ。あらゆる責任というものを。もっともこんなにやせた硬い体では、妊娠することなどあまり考えられなかったが……このときばかりは、まだおとなになりきらないこの体つきで、よかったと思った。

一方、エルザはいらだっていた。ひっきりなしに、わたしにあれこれ訊いてくる。彼女やシリルといるところを見られはしないかと、わたしはいつも不安だった。エルザはつねに父の前に現れるようにし、あらゆる場所で父とすれちがった。そして〈勝った〉と思っては喜び、彼女いわく、「抑えきれない」父の感情のほとばしりを感じては、また喜んでいた。職業柄、結局は愛も金銭ずくのこの女性が、こんなにも夢見がちに、こんなにも、まなざしやしぐさといったささいなことで夢中になるのに、驚かされた——性急な男たちの、明確にわかる事柄のなかで生きてきた彼女が。微妙な役まわりに慣れていなかったのは確かなので、自分の演じている役が、心理学上、きっと最高にあかぬけたもののように思えたのだろう。

こうして少しずつ、エルザのことが父の頭から離れなくなっていたとしても、アンヌのほうはなにも気がついていないようだった。父はかつてないほどアンヌに対してやさしく、熱烈だった。だがそれは、無意識のうしろめたさからくるのではないかという気がして、わたしは怖かった。たいせつなのは、あと三週間、なにも起こらないこと。わたしたちはパリに帰る。エルザもエルザで帰る。そうして父とアンヌは、まだその気だったら結婚するわけだ。パリには、シリルも帰っている。わたしが彼を愛するのを、ここで止められなかったのと同様、パリでもアンヌは、わたしが彼に会うのを止められないだろう。パリで彼は、母親と離れて暮しているのだ。わたしは、もう思い描いていた。水色とバラ色の空に向かって開かれた、彼の部屋の窓を。えも言われぬパリの空、窓辺の柵《さく》に止まったハトたちの低い鳴き声、そして狭いベッドの上の、シリルとわたしを……

第七章

それから数日後、父は友人のひとりから、サン・ラファエルで食前酒《アペリティフ》を飲まないかという短い手紙を受け取った。父はすぐわたしたちに知らせた。別荘暮しという孤独――自分で選んだ、それでいて多少強制されているような孤独から、一時的に逃げられるのを喜んで。そこでわたしもエルザとシリルに、わたしたちは七時に「ソレイユ」というバーに行くから、来るつもりならそこで会える、と話した。ところが運悪く、エルザは父のその友人をよく知っていたのだ。行きたいという彼女の気持ちには拍車がかかったが、もめごとが起きそうな気がして、わたしは彼女を引きとめようとした。骨折り損だった。

「シャルル・ウエッブは、私のことが大好きなの」エルザは子どものように無邪気に言った。「彼が私に会ったら、レイモンもまた私に会いたくなるようにしてくれるにちがいないわ」

シリルは、サン・ラファエルに行こうと行くまいと、どうでもよかった。肝心なのは、わたしがいるところにいるということ。彼のまなざしがそう語っていて、わたしは誇らしく思わずにいられなかった。

午後六時ごろ、わたしたちは車で出発した。アンヌがわたしたちを乗せてくれた。わたしはその車が好きだった。大きなアメ車《しゃ》、それもコンバーチブルで、アンヌの趣味というより仕事の宣伝に向いている。趣味というなら、わたしにぴったりだ。ピカピカ光るものがたくさんついていて、静かで世間から遠く離れた気分になれて、カーブでは車体が傾く。それに三人そろって前の座席にすわれる。車のなかほど、一緒にいる人に友情を感じる場所はない。ちょっぴり窮屈にすわって、スピードの快感、風の快感にともに身をゆだねる。もしかすると死にも、ともに。ハンドルを握っていたのはアンヌで、これから形作ろうとしている家族を象徴しているようだった。わたしが彼女の車に乗るのは、カンヌでのあの晩以来で、いろいろなことが胸をよぎった。

バー「ソレイユ」で、わたしたちはシャルル・ウエッブ夫妻に会った。シャルルは、演劇関係の広告宣伝にたずさわっており、夫人のほうは、夫が稼いだものを片はしから使って過ごしている。それも恐ろしい勢いで、若い男の子たちにつぎこむのだ。おかげで夫は、なんとかやりくりすることでいつも頭がいっぱいで、たえずお金を追いかけている。そのため、不安で気がせいている様子に、どことなく下品なところがあった。彼は長年エルザを愛人にしていたのだが、美女であるわりにそれほどお金に貪《どん》欲《よく》ではない彼女の、のんきなところがよかったわけだ。

夫人は、意地の悪い人だった。アンヌは初対面だったが、その美しい顔にみるみる軽蔑《けいべつ》とからかうような表情が浮かぶのが、わたしにはわかった。社交の場では、アンヌの場合めずらしくもないことだが。シャルル・ウエッブは、いつものようによくしゃべりながら、アンヌに探るような視線を投げかけている。見るからに〈遊び人のこのレイモンと娘と、なにしてるんだ？〉と言っている。もうじき彼が知るその答えを思って、わたしは得意だった。案の定、父はひと息つくみたいに、彼のほうへちょっと身をかがめると、ぶっきらぼうに宣言した。

「ひとつ知らせたいことがあってね。アンヌと僕は、十月五日に結婚するんだ」

シャルル・ウエッブは、すっかり呆然《ぼうぜん》となって、父とアンヌを交互に眺めた。わたしはうれしくなってしまった。夫人はショックを受けていた。実はずっと父を好きなのだ。

「おめでとう」ウエッブがようやく叫んだ。妙に大声で……「いや、なんともすばらしい！　こんな不良を引き受けるとは、マダム、あなたは気高い方だ！……おい、ちょっ不良少年《ギャルソン》と！……これは祝わなくちゃな」

アンヌは静かに、のびやかに、ほほえんでいた。そのときだ。ウエッブの顔が輝いた。わたしはふり向かなかった。

「エルザ！　いやあ、エルザ・マッケンブールだ。僕には気づかなかったけど。レイモン、見たか？　ずいぶんきれいになったなあ……」

「そうだろ」父は自分の持ちものを褒められたように、にこやかに言った。

そしてはっとした。父の顔色が変わった。

アンヌは、父の声色に気づかないわけにいかなかった。彼女は父からすばやく顔をそらして、わたしのほうを見た。そしてなにか言おうと口を開きかけたので、わたしは彼女のほうへかがんだ。

「アンヌ、あなたがすてきだから、ここはもう大変よ。あそこの男の人なんて、ずっとあなたを見てる」

ないしょ話のように、わたしは言った。つまり、父にはじゅうぶん聞こえるように。父は荒々しくふり返ると、問題の男性を見つけた。

「気に入らないな」そう言うと、父はアンヌの手を取った。

「まあ、なんてやさしいんでしょ！」ウエッブ夫人が、皮肉をこめて感激してみせた。

「シャルル、おふたりのじゃまをしちゃいけなかったわね。愛しあってるんですもの。ちっちゃなセシルをご招待するだけでよかったんだわ」

「ちっちゃなセシルは、それなら来ませんでした」わたしは遠慮なく言った。

「あら、どうして？　あなたも誰かと愛しあってるの？　漁師とでも？」

夫人は一度、わたしがバスの車掌とベンチでしゃべっているところを見て、それ以来わたしを、まるで格下げされた人間のように扱うのだ。〈格下げ〉というのは、夫人のことばだが。

「ええ、そうなんです」わたしは、がんばって陽気に見えるように言った。

「で、たくさん釣れる？」

あきれたことに、夫人はおもしろいことを言ったつもりらしい。わたしのなかに、少しずつ怒りがこみあげてきた。

「サバ*専門じゃありませんけど、釣りはします」

あたりがしんとした。それからアンヌの声がした。いつもながら落ち着いた声が。

「レイモン、お店の人《ギャルソン》にストローをたのんでくださらない？　オレンジのフレッシュジュースには、ストローがないと」

シャルル・ウエッブは、すごい勢いで次々とソフトドリンクを飲み干した。父は大笑いして、急にグラスの中身に集中しているふりをした。アンヌはわたしに、たのみこむような視線を送ってくる。そしてわたしたち一行《いっこう》は、みんなで食事をすることを即座に決めた。あやうく仲たがいしそうになった人たちのように。

食事のあいだ、わたしはお酒をいっぱい飲んだ。アンヌが父をじっと見るときの不安そうな様子や、わたしに長々と目をとめているときの、なんとなく感謝の気持ちが感じられる表情を、忘れたかったのだ。そうしてウエッブ夫人の皮肉には、にこやかな笑顔を返した。この戦術に夫人はとまどって、たちまち攻撃的になった。アンヌがわたしに、相手にしちゃだめよ、と合図した。アンヌは人前での争いがきらいだし、ウエッブ夫人は今にもそれを引き起こしそうだったから。でもわたしは、そんなことには慣れている。わたしたちのまわりではよくあることだ。だから夫人が言うことも、聞き流していた。

食事が終わると、全員でサン・ラファエルのクラブに行った。わたしたちが着いてまもなく、エルザとシリルが現れた。エルザは入り口で立ち止まると、クロークの女性に声高に話しかけ、気の毒なシリルを従えて店のなかに入ってきた。これじゃ恋人というより玄人《くろうと》だ、とわたしは思ったが、そう思わせるほど彼女は美しかった。

「誰だ、あの気取ったやつは？」シャルル・ウエッブが訊《き》いた。「ずいぶん若いじゃないか」

「恋ね」夫人がささやいた。「恋のおかげで彼女はきれいになったのね……」

「まさか！」父が吐き捨てるように言った。「いっときの気まぐれだ。そうとも」

わたしはアンヌを見た。彼女は平静なまま、超然として、エルザを見つめている。自分のコレクションのショーに出るモデルたちか、まだ子どもみたいに若い女性たちでも見るように。とげとげしさのかけらもない。みごとだ、とわたしは一瞬、心の狭さも嫉妬《しっと》も見せないアンヌに感嘆した。もっとも彼女がエルザに嫉妬するとしたら、それは理解できない。だって彼女のほうが、エルザより百倍きれいだし洗練されている。わたしは酔っぱらっていたので、アンヌ本人にそう言った。アンヌは不思議そうにわたしを見つめた。

「私のほうがエルザよりきれい？　そう思う？」

「ぜったい！」

「ともあれ、うれしいわ。でもまた飲みすぎよ。グラスをよこしなさい。シリルがむこうにいるのを見て、悲しくない？　まあ、退屈しているみたいだけど」

「あれはね、あたしの男」わたしは明るく言った。

「完全に酔っぱらってるのね！　でも帰る時間だわ、よかった！」

わたしたちはほっとしながら、ウエッブ夫妻と別れた。わたしはウエッブ夫人に〈親愛なる奥さま〉と、もったいぶって挨拶《あいさつ》した。帰りは父がハンドルを握った。わたしの頭はアンヌの肩に、すっかりもたれかかった。

わたしは思った。ウエッブ夫妻よりも、いつも会ってるような人たちよりも、アンヌのほうがいい、と。そう、アンヌのほうがずっといい。ずっと品がある。ずっと知性がある。父はほとんどしゃべらなかった。たぶん、エルザが現れたときの姿を思いかえしているのだ。

「セシルは寝てるの？」父がアンヌに聞いた。

「子どもみたいに。今日はまあまあのお行儀だったわね。サバのあてつけ以外は。あれはちょっとあからさまだったけど……」

父が笑いだした。それからふと静かになった。やがてまた父の声がした。

「アンヌ、愛してる。きみだけを愛してる。信じてくれるね？」

「そんなにしょっちゅう言わないで。怖くなるわ……」

「手を握って」

思わずわたしは、体を起こして口をはさみそうになった。〈だめ、崖《がけ》の上を走ってるときに、そんなことしちゃ〉と。でも少し酔っぱらっていたし、アンヌの香水や、髪のなかを吹き抜けていく海からの風や、愛しあったときにシリルがわたしの肩に作った小さな傷など、幸せだと感じる理由がたくさんあったので、なにも言わなかった。わたしはまどろんだ。こうしている間《ま》に、エルザとかわいそうなシリルは、シリルがこの前の誕生日にお母さんからプレゼントされたバイクで、苦労しながら走りつづけているのだ。そう思ったら、なぜだか感きわまって、涙が出てきた。それにひきかえ、この車はなんと心地よく、サスペンションもよく、眠るのにぴったりなのだろう……眠るといえば、ウエッブ夫人は今ごろ、まんじりともせずにいるにちがいない！　わたしもあの年になったら、若い男の子たちにお金を払って、愛してもらうようになるのかもしれない。愛はこの世でいちばんやさしく、いちばんいきいきとして、いちばん道理にかなったものだから。代価なんて、問題ではないから。たいせつなのは、エルザやアンヌに対してのウエッブ夫人みたいに、いらだったり嫉妬したりしないこと。わたしは低く笑いだした。アンヌの肩が、わずかにくぼんだ。「寝なさい」威厳をもって、彼女が言った。わたしは眠った。

＊フランス語のサバ maquereau には、女性を働かせて金品を貢《みつ》がせている情夫、いわゆる「ひも」の意味もある。

第八章

翌日、わたしはすっかりいい気分で目がさめた。ゆうべの飲みすぎで、頭のうしろから首すじが少し痛かったが、疲れはほとんど残っていなかった。いつものように、太陽が朝の光でベッドをいっぱいに照らしている。わたしはシーツを押しやり、パジャマの上を脱ぐと、裸の背中を陽《ひ》に向けた。組んだ腕の上に頰を乗せると、すぐ前に目の粗いシーツの織り地が、そしてその先にタイル張りの床が見える。床の上では、ハエが一匹うろうろしている。太陽はやさしくあたたかで、まるでわたしの背中の皮膚から骨を取り出し、からだをあたためる特別なお手入れ《ケア》をしてくれるかのよう。わたしはこのままこうして、午前中はじっと動かずに過ごそうと決めた。

やがて少しずつ、ゆうべのことがはっきり頭によみがえってきた。アンヌに、シリルはあたしの男だなんて言ったことも思い出し、笑ってしまった。酔っていると、人はほんとうのことを言うが、誰もそれを信じない。ウエッブ夫人のこと、彼女と火花を散らしたことも、思い出した。わたしはあの手の女の人には慣れている。ああいう環境の、ああいった年齢のご婦人たちは、することがなにもないのと、輝いて生きたいという欲望の両方で、不愉快な人であることが多い。アンヌの落ち着きぶりには、いつも以上にどうしようもないと思わされ、うんざりさせられた。もっとも、はじめからそれはわかっていた。父の女友だちのなかで、アンヌとの比較にずっと耐えられる人など、思い当たらないのだから。ああいう人たちと楽しく夜を過ごすには、少し酔って口論するのをおもしろがるか、夫妻たちの誰かと親密な関係になるか、そのどちらかしかないのに。

父の場合は、もっと簡単だった。シャルル・ウエッブにしても父にしても、狩りが好きなのだ。「今夜おれが誰と食事して寝るか、当ててみろよ。あのかわいいマルスだぜ、ソレルの映画に出てた。おれがデュピュイの家に行ったときにさ……」父は笑って、彼の肩をたたく。「この幸せ者！　あの子はエリーズと同じぐらいきれいじゃないか」十代の男の子みたいな話題。でもそれが感じよく思えるのは、ふたりがともに胸をおどらせているからだ。燃えるような輝きを放っているからだ。いつまでも続きそうな夜、カフェのテラスでの、ロンバールの悲しい打ち明け話さえそうだ。「愛してたのは彼女だけだよ、レイモン！　彼女が出ていく前の、この春のことを覚えてる？……ばかだよな、男の人生を、たったひとりの女のために！」あけすけで、情けない面もあるが、そこには熱いものがある。アルコールのグラスを前に、互いに心を許しているふたりの男には。

一方、アンヌの友人たちは、自分自身のことなどけっして話さないにちがいない。もしかしたら、こういう恋愛《アヴァンチユール》はしないのだろう。話すとしても、行儀よく笑いながらだろう。アンヌがわたしたちの知りあいに見せるそういう礼儀正しさを、わたしも一緒に身につけてもいいかもしれない。感じがよく、人にうつりやすいそういう礼儀正しさを……。それでも、三十歳になったら、わたしはアンヌより今の友人たちに似ているだろう。アンヌの物静かさや、超然としたところ、ひかえめなところは、わたしの息をつまらせる。逆に十五年したら、ちょっとくたびれたわたしは、同じようにちょっと疲れた魅力的な男の人に、ふと寄り添っているかもしれない。

「はじめて愛したのは、シリルといってね。わたしはもうすぐ十八だった。海の上は暑くて……」

その男の人の顔を想像してみるのは、楽しかった。きっと父と同じような小じわがあるのだ。そのとき、ドアにノックの音がした。わたしは大急ぎでパジャマの上をはおると、叫んだ。

「どうぞ！」

アンヌだった。手には、注意深くコーヒーカップを持っている。

「少しコーヒーがいるんじゃないかと思って……そんなに気分悪くない？」

「とっても元気。ゆうべはちょっと酔っぱらったみたいね、わたし」

「一緒にでかけると、いつもそう……」アンヌは笑いだした。「でも、私の気をまぎらせてくれたことは確かね。ゆうべは長かったわ」

わたしはもう太陽にも、コーヒーの味にさえも、気持ちが向かなくなった。アンヌと話しているとすっかり心を奪われて、自分が存在していないようになってしまう。それなのに、この人だけがいつもわたしを問題にし、自分で自分を裁くように強いる。密度の濃い、困難な時間を、わたしに過ごさせる。

「セシル、あなた、ああいう人たちといて楽しい？　ウエッブ夫妻とか、デュピュイ夫妻とか」

「たいていは、ああいうふるまいにうんざりだけど、でもおもしろいわ、あの人たち」

アンヌも、床のハエの歩き方を眺めている。足が悪いハエにちがいない、とわたしは思った。アンヌのまぶたは大きくて、重たい感じだ。これなら、人を見くだすのも簡単なわけだ。

「あの人たちの会話がどんなに単調か、それで……なんて言ったらいいのかしら……うっとうしいか、あなたには全然わからないのね。仕事の契約とか、女の子とか、パーティーとか、ああいう話、退屈に思ったことはない？」

「ねえ、わたし、修道院の女子校に十年もいたから、あの人たちの行いの悪さがいまだに新鮮なのよ」

気に入ってるのよ、とはさすがに言い足せなかった。

「もう二年になるわね」とアンヌ。「……もっともこれは、理屈の問題でも道徳の問題でもなくて、感性や直感の問題ね……」

ではわたしには、それがないのだ。この点で、自分にはなにかが欠けていると、はっきり感じた。

「アンヌ」わたしは不意に訊《き》いた。「わたし、頭がいいと思う？」

アンヌは笑いだした。突然のわたしの質問に、驚きながら。

「そりゃそうでしょ、まったく！　どうしてそんなこと訊くの？」

「もしわたしがばかでも、同じように答えたわよね」わたしはため息をついた。「ときどき、とてもあなたに追いつけない気がするの……」

「年齢の問題よ。あなたよりも多少は自信がないようじゃ、ずいぶん困ったことになるでしょう。あなたに影響されちゃって！」

アンヌはひとりで大笑いした。わたしはむっとした。

「それが悪いこととは限らないでしょ」

「大ごとよ」とアンヌ。

急にそれまでの軽い調子が消えて、彼女は、わたしの目をまっすぐ見た。わたしは気づまりになって、わずかに身じろぎした。今でもわたしは、人が話しながらこちらのことをじっと見つめたり、自分の話をきちんと聞いているか確かめようと間近に来たりするあの癖が、苦手だ。そもそもそれは見当ちがいなのだ。そういうとき、わたしは逃げたり後ずさりしたりすることしか考えなくなり、「ええ、ええ」と言って一歩ずつしりぞき、部屋の反対側のすみに逃げる作戦を立てるだけになるのだから。そういう人たちの執拗《しつよう》さ、あつかましさ、こちらを独占しようとするうぬぼれには、強い怒りがこみあげてくる。

幸いアンヌは、わたしをそういうふうにつかまえなくてはならないとは思っておらず、目をそらさずにじっと見つめるだけだったが、それでもわたしは、軽くてやや散漫な、自分の好きな話し方を続けることが、むずかしくなっていた。

「ウエッブみたいな男の人たちが、最後はどうなるか知ってる?」

わたしは心のなかで、〈父もよね〉と思った。そして陽気に答えた。

「みじめに終わるんでしょ」

「ああいう人でも魅力がなくなって、いわゆる『元気』も失ってしまう年がくるのよ。お酒も飲めなくなって、それでもまだ女のことを考えてるの。あとは女たちにお金を払うしかなくなり、孤独から逃げるにも、ちょっとした妥協をたくさん受けいれなきゃならなくなる。だまされ、不幸になる。それで、気むずかしく感傷的になっていく……そんなふうに落ちぶれてしまった人を、私はたくさん見てきたの」

「かわいそうなウエッブ!」わたしは言った。

そして、どうしたらいいのかわからなくなった。それが、父を待ちかまえている最後なのだ、たしかに! 少なくとも、アンヌが世話を引き受けなければ。

「そんなこと、考えもしなかったでしょう」アンヌが同情するような微笑を浮かべて、言った。「あなたは先のことをほとんど考えないわね? 若さの特権だわ」

「お願いだから、若いことをそういうふうに言わないで。できるだけそれを利用しないようにしてるんだから。若さなんて、なんの特権にも言いわけにもならないと思ってるし、大事だとも思ってない」

「じゃあなにが大事だと思ってるの？　心のやすらぎ？　自立？」

こうした会話が、わたしには耐えられなかった。特にアンヌとは。

「なんにも。わたし、あんまり考えたりしないから。ね」

「あなたがたには、ちょっといらいらさせられるのよ。お父さまとあなたには。あなたがたは、『けっしてなにも考えない……たいしたことには役に立たない……知らない……』それで楽しい？」

「楽しくなんかない。自分を愛してもいないし、愛そうとも思わない。あなたはときどき、わたしに人生をややこしくさせようとするけど、そうすると、あなたを恨みそうになる」

アンヌは物思いにふけりながら、歌を口ずさみだした。わたしの知っている歌だったが、なんだったか思い出せない。

「それ、なんの歌だっけ、アンヌ？　いらいらする……」

「さあ、知らないわ」アンヌは少し落胆したような様子で、また微笑した。「まだベッドにいていいわよ。休みなさい。この家族の知性についての調査は、よそでまたするわ」

〈もちろん〉とわたしは思った。〈父にとっては簡単なことよ〉

父がなんと言うか、ここからでも聞こえる気がした。「僕はなにも考えちゃいない。なぜならきみを愛しているからだ、アンヌ」彼女がどれほど知的でも、この理由なら正当なものに思えてしまうにちがいない。

わたしはゆっくりと丹念に伸びをすると、ふたたび枕《まくら》に顔をうずめた。そしてアンヌに言ったこととは裏腹に、あれこれ考えた。結局のところ、彼女が大げさに思っているのは確かだ。あと二十年ほどしたら、父はすてきな六十代になるのだ。髪は白く、ウィスキーと華やかな思い出話が好きな。わたしたちは一緒にでかける。そしてわたしが気ままな恋愛の話をし、父がアドバイスしてくれる。

ふとわたしは、この未来図からアンヌを除いていることに気がついた。だがそこに彼女を入れることはできなかった。どうしてもできなかったのだ。ときには殺風景、ときには花であふれ、言い争う声や外国語風のアクセントが響き、定期的に荷物やかばんでいっぱいになって、まるでかたづかないそのアパルトマンに、アンヌがもっともたいせつな財産のようにそこここに持ち込む秩序や平穏や調和を、わたしは思い描くことができなかった。死ぬほど退屈するのではないかと、とても不安だった。でもシリルをほんとうに、肉体的にも愛するようになってからは、アンヌの影響をそれまでより恐れなくなったかもしれない。シリルとの愛のおかげで、わたしは多くの恐れから解放された。それでも退屈と平穏が、なにより怖かった。父とわたしにとって、内面の平穏を保つには、外部の喧騒《けんそう》が必要なのだ。そしてそれを、アンヌは認めることができない。

第九章

わたしは、アンヌと自分自身についてたくさん語ったが、父のことはほとんど話していない。それは、父の役がこの物語でもっとも重要ではないからでも、わたしが父に興味をもっていないからでもない。それどころか、父ほど愛した人はひとりもいなかったし、あのころわたしをいきいきさせていた感情すべてのなかでも、父への思いほど安定して深いものはなかった。それは、わたしがいちばんたいせつに思っていたものでもあった。進んで話すには、わたしは父を知りすぎており、近すぎる存在と感じていたのだ。

それでも、父の行動を受けいれてもらうには、なにより父について説明しなくてはなるまい。父はくだらない男でもなければ、エゴイストでもなかった。ただ女性が好きだった。つける薬がないほど。とはいえ、深い感情がわからないわけでも、無責任なわけでもない。わたしに向ける愛情は、けっして軽々しいものではなかったし、単なる父親としての習慣ということでもなかった。どんな人よりわたしのことで苦しむはずだし、わたしにしても、いつか感じたあの絶望は、父がちょっとわたしを捨てるようなしぐさをしたから、目をそらしたからというだけのことではなかったか？……父はわたしを、ぜったいに自分の恋の二の次にはしなかった。夜、わたしを家に送るために、ウエッブのことばを借りるなら「絶好のチャンス」を見送ったことも何度かあったと思う。けれどそれ以外は、気まぐれに身をまかせ、無節操で、安易に流れていたことを否定できない。父は深く考えないのだ。あらゆることを生理的理由でかたづけようとし、それを合理的と呼ぶ。「自分がいやになった？ じゃあもっと寝て、酒は少しひかえて」女性に対してときどき感じる激しい欲求にしても同じで、それを抑えようとも、もっと複雑な感情にまで高めようとも思わない。唯物《ゆいぶつ》論者なのに繊細で、思いやりがあって、要するにとてもいい人なのだ。

エルザへの欲望は、たしかに父をいらだたせていたが、人が思うようにではなかった。つまり、〈僕はアンヌを裏切ろうとしている。それは彼女への愛が足りないということだ〉とは考えず、〈困ったもんだな、エルザへのこの気持ちは！ さっさとかたづけないと、アンヌと面倒なことになる〉としか思わない。そのうえ父は、アンヌを愛し、敬意を抱いていた。彼女は、父がこの何年もつきあってきた軽薄で少し頭の悪い女性たちとはちがっていた。アンヌは父の虚栄心も、官能も、感性も、一度に満たしたのだ。父を理解し、知性と経験をささげて父と向きあったからである。でも父が、今や彼女の感情の重さに気づいたかというと、それは定かではない！父にとってアンヌは、理想の愛人、理想の娘の母と映っていた。でも〈理想の妻〉と考えてはいただろうか？このことばにともなうあらゆる義務を含めて？いや、考えていなかったと思う。きっとシリルやアンヌの目には、父はわたしと同様、感情の動きがふつうとはちがっていると見えていただろう。だがそんなことなどおかまいなしに、父はわくわくするような生き方を楽しんでいた。人生などありふれたものとみなして、そこにあらゆるエネルギーをそそいでいたのだ。

わたしたちの暮しからアンヌを締め出す計画を立てたとき、わたしは父のことは考えていなかった。父は立ち直るとわかっていたからだ。父は、どんなことからでも立ち直る。それに、まじめできちんとした生活などというものに比べたら、彼女との別れのほうがまだましなはずだった。父がほんとうに打撃を受けたり、むしばまれていったりするのは、わたしと同じように、むしろ習慣や決まりごとによってでしかないのだから。父とわたしは、同じ種類の人間なのだ。それをわたしは、放浪の民の美しき純粋種と呼ぶこともあれば、享楽《きょうらく》主義者のやせ細った哀れな種と呼ぶこともあるのだけれど。

　このころ、父は苦しんでいた。少なくとも、いらだっていた。父にとってエルザが、過ぎ去った日々の、若さの、とりわけ父の若さの、象徴になってしまっていたからだ。父がアンヌにこう言いたくてたまらないのが、わたしにはよくわかった。「ねえ、一日だけ大目に見てくれよ。僕はあの娘《こ》のかたわらで、自分が老いぼれじゃないと納得しなくちゃならないんだ。落ち着くには、あの娘《こ》の体がぐったりするのを、もう一度確かめなくちゃならないんだよ」でも、言えなかった。それはアンヌが嫉妬《しっと》深いからでも、本質的に潔癖で、こういったことに聞く耳をもたないからでもなく、そもそも父と一緒になるのを受けいれたのは、次のような了解のもとだったにちがいないからだ――いいかげんな放蕩《ほうとう》の時代は、これで終わり。あなたはもう十代の男の子ではなく、私が人生を託す一人前の男。だからきちんとふるまって、自分の気まぐれに翻弄《ほんろう》される情けない男にはならないこと。アンヌを責めることはできない。まったく当然だし、健全な計算と言えよう。それでも、父がエルザに逢《あ》いたくなる気持ちを抑えることはできなかったのだ。少しずつ、父は彼女をなにより手に入れたくなって、禁じられた事柄によくあるように、欲望を倍に募らせていった。

そしてこのときなら、わたしはおそらく、なにもかも手はずを整えることができただろう。「父に身をまかせて」と、エルザに言うだけでよかったわけだ。わたしはなにか理由を作って、アンヌをニースかどこかに連れ出し、一緒に午後を過ごす。帰ってきたら、なごやかになった父が、また夫婦愛の——少なくとも、パリにもどれば夫婦愛となる——やさしさに満ちて、待っていただろう。

アンヌがけっして耐えられないことに、次のような点もあった。それは自分が、その他大勢のひとりにすぎない愛人になってしまうこと。いっときだけの存在で終わってしまうこと。彼女のプライドと自己評価の高さが、わたしたちの暮しをどれほど大変にしていたことか！……

でもわたしはエルザに、父に身をまかせてとは言わなかった。アンヌに、一緒にニースに来てとも言わなかった。わたしが望んだのは、父の胸のうちの欲望が勝手にふくらんで、父にあやまちを犯させるようになることだったのだ。

わたしがまんならなかったのは、それまでのわたしたちの暮しを包囲するような、アンヌの軽蔑《けいべつ》のまなざしだった。父とわたしにとっては幸福であったものを、いとも簡単に軽んじたその態度だった。わたしはアンヌを侮辱したかったのではなく、彼女にわたしたちの人生観を受けいれてほしかったのだ。そのためにアンヌは、父が裏切ったことを知るべきだった。そしてそれを、彼女個人の価値や尊厳を傷つけたということでなく、まったく生理的な父の浮気として、客観的に見るべきだった。アンヌがどうしても正しくありたいなら、わたしたちのほうは、まちがうがままにさせてくれなくてはならない。

わたしは、父の苦しみに気がつかないふりをした。父がわたしに、とりわけ胸のうちなど明かさないように。わたしを味方につけて、エルザと話させたり、アンヌを遠ざけさせたりしないように。

わたしは、父のアンヌへの愛と、アンヌの人格を、神聖視しているふりもしなくてはならなかった。そしてそれは、なにもむずかしいことではなかったと言わなければならない。父がアンヌを裏切り、彼女と対決するのを考えただけで、恐ろしさと、漠然とした賛美の念がわきあがってきた。

さしあたって、わたしたちは幸せな日々を送っていた。わたしはエルザのことで、父を刺激する機会をくり返し作った。もうアンヌの顔を見ても、良心の呵責《かしやく》で苦しくなることもなかった。ときどきわたしは、アンヌが事実を受けいれることを思い描いた。そしてわたしたちが、彼女とともに、どちらの趣味にも合う暮しをしていくことを。

一方、シリルとは頻繁《ひんぱん》に会った。そして隠れて愛しあった。松林のにおい、海のざわめき、彼の体の感触……シリルのほうは、良心の呵責に悩みはじめており、演じさせられている役をひどくいやがっていた。それでも引き受けていたのは、ふたりの愛にはそれが必要だと、わたしが思いこませたからだ。人によって見せる自分を変える二重性、内輪の沈黙、そういったものが、なにもかもについてまわった。もっとも、努力や嘘《うそ》は、ほとんどなしですんだ！（前にも述べたとおり、わたしは自分の行為によってのみ、自分を裁くのだ）

この時期のことは、急いで通りすぎよう。あまり考えると、また思い出のなかに落ちていき、打ちのめされそうで怖い。ただアンヌの幸せそうな笑い声を、わたしへのやさしさを、思い浮かべるだけで、なにかがわたしをボクシングのローブローのように打ち、痛めつけ、わたしは自分自身に向かって、あえぎ苦しむ。うしろめたさと呼ばれているものに似た気持ちになって、なにかせずにはいられなくなる。タバコに火をつける。レコードをかける。男友だちに電話する。すると少しずつ、ほかのことに気が向く。けれど好きではないのだ、そんなことは。闘うかわりに記憶の欠落や、自分の気質の軽さに、助けを求めざるを得なくなるようなことは。それらを認めることは。たとえ、自分の心を満たすためでも。

第十章

運命とは奇妙なものだ。その姿を現すときに、おのれにふさわしくない顔、月並みな顔を、好んで選ぶ。あの夏、運命が選んだのはエルザの顔だった。とても美しい顔。いや、むしろ魅力ある顔。エルザは笑い声もすばらしかった。人に伝染しやすい、心の底からの笑い声。少しばかな人だけに見られるような。

この笑い声が、父に効果を及ぼすことに、わたしは早くから気がついていた。そこでエルザがシリルといるところに、わたしたちが〈不意に出くわす〉際、最大限にそれを利用した。「わたしが父と来るのが聞こえたら、なにも言わずに笑って」わたしはエルザにそう言った。そして見いだしたのだ。満ち足りた彼女の笑い声が聞こえてくると、父の顔に、激怒の表情がよぎるのを。

だがこの演出家の役に、わたしは夢中になれなかった。けっして失敗したわけではない。ただ、シリルとエルザがふたりで、想像上のものでしかない、けれど簡単に想像できてしまう関係をあからさまに示していると、わたしも父と一緒に青ざめてしまったのだ。苦悩よりまだつらい所有欲に駆りたてられて、父の顔からもわたしの顔からも、血の気が引いたのだった。

シリル……エルザの上に身をかがめたシリル……その光景は、わたしの心をめちゃめちゃに荒らした。でもそれはもともとわたしが、彼とエルザとともに作りあげたのだ。光景というものがもつ力を、理解もせずに。ことばというのは簡単で、おだやかだ。けれどシリルの顔の輪郭が、褐色のなめらかなうなじが、差し出されたエルザの顔の上に傾くのを見たときには、こうならずにすむならどんなことでもしようと思った。そう望んだのは自分自身だったということを、わたしは忘れていた。

こうしたできごとを除けば、毎日の生活は、アンヌの信頼とやさしさと――このことばはやっとのことで使うのだが――幸福で、満たされていた。実際アンヌは、それまで見たことがないほど幸福に近く、利己主義者のわたしたちの手のうちにありながら、わたしたちの強い欲望からも、卑《いや》しくもささやかなわたしのたくらみからも、遠いところにいた。わたしはそれを、当てにしてもいた。アンヌは超然としているし誇り高いので、父への愛着をもっと深めようとするさまざまな駆け引きや、美しさや知性ややさしさとは無縁の媚《こ》びから、本能的に距離を置いていたからだ。わたしは少しずつ、彼女に同情しはじめていた。同情は快い感情で、軍楽隊のように人の心を惹《ひ》きつける。だから誰もわたしを非難することはできまい。

ある朝、掃除の人《メイド》がとても興奮して、エルザからのメッセージを持ってきた。それにはこうあった。「すべてうまくいきました。来て!」わたしは、とんでもないことが起きたような気持ちに襲われた。物事が終わるのはきらいなのだ。

浜辺に行くと、勝ち誇った顔をしたエルザがいた。

「お父さまに会ってきたのよ、とうとう、一時間前に」

「なんて言ってた?」

「今度のことは、ほんとうにすまなかったって。自分のしたことは、無礼者のふるまいだって。ほんとにそうだわ……ねえ?」

同意しなくてはならない、と思った。

「それから私をいっぱい褒めてくれたの。あの人にしかできないやり方で……ほら、ちょっとどうでもよさそうなあの感じで、とっても低い声で、口にするのがつらいみたいに……あの感じ……」

牧歌的な世界にうっとりしている彼女を、わたしは現実に引きもどした。

「それでどうなったの?」

「べつにどうにも！……いえ、そうだわ、村で一緒にお茶を飲もうって誘われたの。根に持ったりしてないところを見せてくれって。私は心が広くて、ちゃんと成長して、あとなんだったかしら！」

赤毛の若い女性の、精神的成長という父の考えに、わたしはうれしくなってしまった。

「どうして笑うの？　私、行くべき？」

わたしはあやうく、そんなことわたしに関係ないでしょ、と言いそうになった。それから、彼女がわたしを、自分の策略が成功するかどうかの責任者とみなしていることを思い出した。そしていずれにしても、気分がいらいらしてきた。

わたしは追いつめられたように感じた。

「わかんない。エルザ、あなた次第じゃないの。自分がしなくちゃならないことを、いちいちわたしに聞かないで。それじゃまるでわたしがあなたを動かして……」

「でもそうでしょ」とエルザ。「だってあなたのおかげで、ねえ……」

讃《たた》えるようなその声に、わたしは突然恐ろしくなった。

「行きたければ行けば。でももうその話は二度としないで、お願い！」

「でも……でも、彼からあの女を引き離さないと……セシル！」

わたしは逃げた。父は好きなようにすればいい。アンヌはなんとか切り抜ければいい。だいいち、わたしにはシリルと会う約束があった。愛だけが、血の気の失《う》せるようなこの恐怖をふり払ってくれそうな気がした。

シリルはわたしを抱きしめると、なにも言わずにわたしを連れていった。彼のそばにいると、すべてが簡単になった。激しさと、快楽につつまれて。しばらく後、汗にぬれて、小麦色に輝く彼の上半身にかぶさるように、わたしは横たわっていた。力つき、遭難者のようにどこにいるのかわからなくなりながら。そして彼に言った。わたしは自分がきらいだ、と。でもほほえみながら。そう思っても胸に痛みはなく、心地よいあきらめのようなものがあったから。シリルは真《ま》に受けなかった。

「そんなことはどうでもいい。ぼくはきみを愛してる。きみを、ぼくと同じ考えにさせてしまうほど。愛してるよ、すごく愛してる」

このことばのリズムが、食事のあいだじゅう、わたしの頭から離れなかった。〈愛してるよ、すごく愛してる〉

だから今、わたしは努力しても、この昼食のときのことをはっきりとは思い出せない。アンヌのドレスはうす紫だった。彼女の目の下のクマとも、瞳《ひとみ》そのものとも同じ色。父は笑っていた。見るからになごやかな様子で。状況が好転したのだ。そしてデザートのとき、午後は所用で村まで行くと、父は告げた。わたしは内心、にやりとした。疲れて運命論者になっていた。このときしたかったことは、ひとつだけ。泳ぐこと。

四時、わたしは浜辺に下りていった。ちょうど村にでかけていく父の姿が、テラスにあった。わたしはなにも言わなかった。慎重にね、と耳打ちすることさえしなかった。

水はなめらかで、あたたかかった。アンヌは来なかった。コレクションの準備をしているのだろう。部屋でデザイン画を描いているのだ。父がエルザに言い寄っているあいだも。二時間後、太陽がもう体をあたためてくれなくなったので、わたしはテラスに上がっていった。そしてひじ掛けいすにすわると、新聞を開いた。

そのときだった。アンヌが現れたのだ。林のほうから。彼女は走っていた。とはいえ、両ひじとも体につけて、ぎこちなく変な走り方だ。とっさにわたしは、無遠慮にもこう思った。〈おばあさんが走ってるみたい。今にもころびそう〉わたしは唖然《あぜん》として見送った。彼女は別荘の裏手の、ガレージのほうへ消えた。急にわたしは、はっと悟って、追いつこうと走りだした。

アンヌはすでに車に乗って、エンジンをかけていた。走ってきたわたしは、そのまま車のドアに飛びかかった。

「アンヌ」わたしは叫んだ。「アンヌ、行かないで。これはまちがいなの、わたしのせいなの、今説明するから……」

アンヌは聞いていなかった。こちらを見もしなかった。そして身をかがめ、ハンドブレーキを下ろした。

「アンヌ、わたしたち、あなたが必要なの！」

アンヌが姿勢を正した。その顔がゆがんでいた。泣いていたのだ。不意にわたしは理解した。わたしは、観念的な存在などではなくて、感受性の強い生身の人間を、侵《おか》してしまったのだ、と。この人にも小さな女の子の時代があったのだ。きっと少し内気だっただろう。それから少女になり、女になった。四十になり、まだひとりで生きていたところで、ある男を愛した。その人と、あと十年、もしかしたら二十年、幸せでいたいと願った。それをわたしは……この顔、この顔は、わたしが作りあげてしまったものなのだ。わたしは動くこともできなくなり、ドアに体を押しつけたまま、全身で震えていた。

「誰も必要ないでしょ」彼女はつぶやいた。「あなたにも、彼にも」

エンジンがまわりだした。わたしは必死だった。この人が、こんなふうに行ってしまってはならない。

「許して、お願いだから……」

「なにを許すの？」

涙がとめどなく彼女の頬を流れていく。でも本人は、それに気がついてもいないようだ。静かに動かない顔。

「かわいそうな子！……」

アンヌは一瞬、わたしの頬に手を置いた。そして行ってしまった。わたしは車が別荘の角から消えるのを見ていた。頭が混乱して、どうしたらいいのかわからない……なにもかもが、あっという間のことだった。そしてあの顔、彼女のあの顔……

背後に足音が聞こえた。父だった。エルザの口紅の跡をぬぐい、服から松葉を払い落とすのに、時間がかかったのだ。わたしはふり返ると、父に飛びついた。

「ばか、ばか！」

わたしは泣きじゃくりだした。

「どうしたんだ？　アンヌは……？　セシル、おい、セシル……」

第十一章

わたしたちは、夕食まで顔をあわせなかった。こんなにも突然もどってきた、ふたりきりの差し向かいが不安で。わたしはまるで食欲がなく、父も同じだった。アンヌは帰ってきてくれなくてはならないと、ふたりともわかっていた。わたしは、彼女が走り去る前に見せたあの動転している顔の記憶にも、彼女の悲しみや自分の責任についての思いにも、長く耐えられそうになかった。がまん強く進めた策略のことも、あんなにうまく企てた計画のことも、忘れてしまっていた。すっかり途方に暮れ、馬に乗っていながら手綱もくつわも失ったように、どうすることもできない。父の顔にも、同じ気持ちが表われていた。

「なあ」父が言った。「ずっと帰ってこないつもりだろうか?」

「きっとパリに行ったのよ」

「パリか……」父はぼんやりつぶやいた。

「たぶん、もう会えないわね……」

父は、どうにも困った顔でわたしを見つめると、テーブルのむこうからわたしの手を取った。

「おまえ、おれにずいぶん腹を立ててるだろうな。自分でもなにが起きたのか……エルザと林に行ったら、あいつが……いや、おれがあいつにキスして、そのときおそらくアンヌが通りかかって……」

わたしは聞いていなかった。松の木立ちの暗がりで抱きあうふたりの人物が、エルザと父だというのは、滑稽《こっけい》な芝居のように思え、ちぐはぐで、うまく想像できなかった。この日、鮮烈に、残酷なほど鮮烈に浮かびつづけたのは、アンヌの顔だけだった。あの最後の顔、苦悩の刻印を押され、裏切られたあの顔。わたしはタバコを父の箱から一本取ると、火をつけた。これもまた、アンヌがきらったことだった。食事中にタバコを吸うこと。わたしは父にほほえんだ。

「わたし、よくわかってるから。これはパパのせいじゃない……。魔が差した、ってことでしょ。アンヌはわたしたちを、パパを、許してくれなきゃ」

「どうしたらいい?」

父は顔色がとても悪かった。わたしは父がかわいそうになった。自分のこともかわいそうになった。どうしてアンヌは、こんなふうにわたしたちを捨てたのか。結局はささいな過失にすぎないことで、わたしたちを苦しめるのか。あの人には、わたしたちに対する義務があるのではないのか？

「手紙を書かない？」わたしは言った。「で、あやまるの」

「それはいい！」父が叫んだ。

この三時間、あれこれ思いをめぐらしながらも、後悔ばかりでなにもできずにいた状態から、ついにぬけ出す方法が見つかった。

食べかけの食事もそのままに、わたしたちはテーブルクロスと食器類をかたづけた。父は大きなランプと万年筆とインクつぼ、それに自分の便箋《びんせん》を取りに行った。そうしてわたしたちは向きあってすわり、今にもほほえみだしそうになっていた。この演出のおかげで、アンヌが帰ってきそうに思えたからだ。コウモリが一匹飛んできて、窓のむこうでしなやかな曲線を何本も描いた。父がうつむいて、書きはじめた。

その夜、わたしたちがアンヌに綴《つづ》った善良な気持ちにあふれる手紙のことを、わたしは今、あざけりと残忍さという耐えがたい感情なしに、思い出すことができない。わたしたちはふたりとも、がんばり屋の不器用な小学生のように、ランプのもとで、とてもむずかしい宿題に黙々と取り組んだ。〈アンヌを取りもどす〉という宿題に。

それでもわたしたちは、上手な言いわけと、やさしさと後悔に満ちた、同じ種類のふたつの傑作を仕上げた。できあがってみると、アンヌもこれで気を取りなおしてすぐ仲なおりしてくれるだろうと、ほぼ確信できた。恥じらいとユーモアにつつまれた許しの場面が、目の前に見えるようだった……場所はパリ、わたしたちの居間《サロン》。アンヌが入ってくる。そして……

電話が鳴った。十時だった。わたしたちは驚いて顔を見あわせた。驚きは希望に変わった。アンヌだ、アンヌからだ。わたしたちを許し、帰ってくると電話してきたのだ。父は電話のところに飛んでいくと、「もしもし」とうれしそうに大声を出した。ところがそのあとは「はい、はい！　どこですか？　はい」と、消え入りそうな声で言うだけになった。わたしは立ち上がった。胸のなかで恐怖が揺れだした。そして見つめていた。父を。無意識に顔を覆《おお》ったその手を。それから父は、静かに受話器を置くと、わたしのほうを向いた。

「彼女が事故を起こした」父が口を開いた。「エステレルに向かう道路で。で、住所を突きとめるのに時間がかかって！　まずパリに電話して、そこでここの番号を聞いた」

父は機械のように、単調にしゃべった。わたしは口をはさめなかった。

「事故は、崖《がけ》のいちばん危険なところで起きた。多発してる場所らしい。車は五十メートル下に落ちた。生きてたら奇跡だ」

そこから先、その夜のことは、悪夢のようにしか思い出せない。ヘッドライトに浮かび上がる道路、父の動かない顔、病院の入り口……父は、わたしを彼女に引きあわせたがらなかった。わたしは待合室のベンチにすわって、ヴェネチアの風景を描いた石版画《リトグラフ》を眺めていた。なにも考えなかった。看護婦が、あの場所での事故はこの夏もう六件目と、話していった。父はなかなかもどってこなかった。

そこでわたしは思った。死によって——またも——アンヌは、わたしたちよりすばらしいところを示したのだ、と。もしわたしたちが自殺するとしたら——その勇気があるとしてだが——父とわたしなら、頭に弾丸を撃ちこむだろう。それも、原因となった者たちの血の気を引かせ、眠りを永遠にさまたげる、説明たっぷりの書き置きを残して。ところがアンヌは、わたしたちに豪勢な贈り物をしてくれた。事故と思わせる非常に大きな可能性を、残していったのだから。危険な場所、車の不安定さ。その贈り物を、わたしたちはじきに、弱さのあまり受け取るだろう。もっとも今、自殺について話すのは、わたしにしてみれば空想的にすぎる。父やわたしのように、生きていようと死んでいようと誰も必要としない人間のために、自殺などできるだろうか？

そもそも父とは、これは事故だったとしか話したことはない。

翌日、わたしたちは午後三時ごろに、別荘へ帰ってきた。エルザとシリルが、階段にすわって待っていた。わたしたちを前にして、ふたりは、影のうすい忘れられた登場人物のように立ち上がった。ふたりのどちらも、アンヌをよく知りはせず、愛してもいなかったのだ。それぞれにつまらない恋愛問題をかかえ、美しさという魅力と気まずさをふたり分にして、そこにいた。シリルが一歩進み出て、わたしの腕に手を置いた。わたしは彼を見つめた。そして思った。この人を愛したことは一度もなかった、と。いい人だと惹《ひ》きつけられはした。この人が与えてくれた快楽は、たしかに愛した。でも、この人を必要としていたのではなかった。

わたしはもうじきここを去り、この別荘に、この男の子に、この夏に、別れを告げるのだ。父が一緒だ。今度は父が、わたしの腕を取った。そしてわたしたちは、中に入った。

そこにはアンヌのジャケットがあり、アンヌの花々があり、アンヌの部屋があって、アンヌの香りが漂っていた。父はよろい戸を閉めると、冷蔵庫からお酒のボトルを一本取り出し、グラスをふたつ手にした。それが、そのとき手に入る唯一《ゆいいつ》の治療薬だった。テーブルには、わたしたちが書いた弁明の手紙が、まだ散らばっていた。わたしはそれを手で押しやった。手紙は寄せ木の床に、ひらひらと舞い落ちた。グラスを満たしてもどってきた父は、ふと躊躇《ちゅうちょ》し、結局それらを踏まないよう、よけて歩いた。そういうことは象徴的で悪趣味だ、とわたしは思った。わたしは両手でグラスを受け取ると、一気に飲み干した。部屋はうす暗く、窓の前に父の影が見えた。浜辺に打ち寄せる波の音が響いていた。

第十二章

葬儀はパリで行われた。美しい太陽のもと、物見高い群集に囲まれ、喪服の黒に覆《おお》われて。父とわたしは、アンヌの親戚《しんせき》の老婦人たちと握手した。わたしはその人たちを、好奇心とともに眺めた。きっと年に一度は、アンヌの家にお茶を飲みにきていたことだろう。みんな同情の目で、父を見つめていた。ウエッブが、結婚の話を広めたからにちがいない。シリルも見かけた。出口でわたしを探していたが、わたしは避けた。彼に対して感じていた恨みは、まったく不当なものだったが、どうすることもできなかった……。周囲の人々は、この愚かしくも恐ろしいできごとを嘆いていたが、わたしは事故死だということにいくらかまだ疑いをもっていたので、内心おもしろく感じもした。

帰りの車のなかで、父はわたしの手を取り、握りしめた。わたしは思った。〈パパにはもうわたししかいない。わたしにももうパパしかいない。わたしたちはふたりきりで、不幸なんだ〉そしてわたしは、はじめて泣いた。それはかなり気持ちのいい涙で、あの病院の、ヴェネチアの石版画《リトグラフ》の前で感じた怖いほどの虚無感とは、似ても似つかぬものだった。父が、なにも言わずにハンカチを差し出した。憔悴《しょうすい》した顔で。

それからひと月、わたしたちはふたりで、妻を亡《な》くした者と母を亡くした者のように暮した。ふたりで夕食も、昼食も食べ、でかけることもなかった。そしてときどき、アンヌの話を少しだけした。「ねえ覚えてる？　あの日……」目をそらしながら、用心深く話すのだ。傷つくのを恐れて。どちらかのなかでなにかが堰《せき》を切り、取りかえしのつかないことばをぶつけるはめになるのを恐れて。こうしたお互いの用心とやさしさは、結局報われた。わたしたちはまもなく、アンヌのことをふつうに話せるようになったのだから。一緒にいて幸せだったのに、神に召されたたいせつな人のことを話すように。今わたしは、〈偶然〉と書くかわりに〈神〉と書いた。でもわたしたちは神を信じてはいない。このような状況で偶然を信じられるなら、それだけで幸福なる者だろう。

そうしてある日、わたしは女友だちの家で、彼女の従兄弟《いとこ》のひとりに出会った。いいな、とわたしは思い、むこうもわたしをいいなと思った。一週間、わたしは恋のはじめの浮かれた気分で、彼と何度もでかけた。孤独には向いていない父も、同様にでかけるようになっていた。相手は、なかなか野心のある若い女性だった。以前と同じ生活が、まるでそうと決められていたみたいに、また始まった。父とわたしは、顔をあわせると一緒に笑い、勝ちとったそれぞれの相手の話をする。父は、わたしとそのフィリップの関係が、プラトニックではないなと嗅《か》ぎつけており、わたしは、父のその新しいガールフレンドが、とても高くついていることをちゃんと知っている。それでもわたしたちは幸せだ。冬が終わろうとしている。わたしたちはもうあの別荘は借りず、今度はジュアン・レ・パンに近い一軒にするつもりだ。

ただ明け方、パリの車が流れていく音だけを聞きながらベッドにいると、ときどき記憶がよみがえる。夏がまた、すべての思い出を連れてやってくる。アンヌ、アンヌ！　闇《やみ》のなかで、わたしは彼女の名前を、低い声で、長いあいだくり返す。するとなにかが胸にこみあげてきて、わたしはそれをその名のままに、目を閉じて、迎えいれる。悲しみよ、こんにちは。

訳者あとがき

河野万里子

悲しみよ こんにちは――長い年月、まるで伝説のように、耳にしたり目にしたりしてきた題名だ。この本の原書（原題“Bonjour tristesse”）がパリで出版されたのは、今から半世紀以上前の一九五四年。著者のフランソワーズ・サガンは、十八歳だった。だがポール・エリュアールの詩から取られたこのことばは、それだけでせつなく、美しい。そこから危うくまばゆい世界が広がっていく予感につつまれる。実際、時を越えて読みつがれてきた物語は、今も鮮烈だ。

舞台は、太陽と海がきらめく夏の南仏。林の奥の大きな白い別荘へ、ヴァカンスを過ごしに、パリから三人の男女がやってくる。恋のときめきを生きるエネルギーにして、人生を楽しんできた遊び人、レイモン。感受性も自負心も強いその娘、セシル。いわゆる玄人《くろうと》に近いが、レイモンへの思いは確かな若い愛人、エルザ。

やがて海辺で、セシルは一途《いちず》な青年シリルと出会い、別荘には、聡明《そうめい》でほんとうの愛を求めるおとなの女性、アンヌがやってきて、スリリングな愛の五重奏が始まる。

その響きには精緻《せいち》な華やかさがあり、クールなのに熱くて、胸をかきたてられる。理性ではどうしようもない恋の感情の強さと、その感情にとらわれてしまう人間の弱さ、哀《かな》しさが、息苦しくなるほど伝わってくる。エルザとアンヌの心理描写など、ところどころ、もしも原文を切ったらまっ赤な血が噴き出すのではないかという気さえする。

だがそこに、時おり詩的でやさしい響きも流れてくる。情景や感覚の描き方が、みずみずしくてすばらしい。たとえば朝の光のなかで、熱いブラックコーヒーとともにかじるオレンジのさわやかな甘さ。夜のクラブに流れるクラリネットの音色。恋人の鼓動と潮騒《しおさい》を耳に、浜辺でかわしあうキス。離したくはない父の手の、がっしりとあたたかな感触。マッチの上で、震えの止まらない指先――。映像を見ているようにあざやかな場面がいくつも、心に、五感に、残る。

加えて出版当時は、センセーショナルな響きも、おおいに世間を惹《ひ》きつけたという。愛をめぐる陰謀、裏切り、死。サガン自身、版元ジュリアール社のルネ・ジュリアールに「自伝的な話なのか」と聞かれたとき、「わたしの人生には、幸いにしてこんな陰惨な話はなかった」と答えたそうだ。

だが今読むと、そうした陰惨でショッキングな面より、やはり胸に刺さるような恋と愛の物語としての面が、強く迫ってくるように思う。そして自由に生きているつもりでも、逃れることのできない運命と人生の深淵《しんえん》を、ふっとのぞいた心地になる。その深淵の暗さで、生きているからこそ感じる〈悲しみ〉のまぶしさが、いっそう目にも胸にも痛い。半世紀という時の流れと世の中の変化が、この物語のセンセーショナルなヴェールをいつのまにかそっと取り去り、私たちに、核心の輝きをよりはっきり見せてくれるようになったのかもしれない。

では半世紀前の世の中は、そんな作品を具体的にどのように受けとめたのだろうか。もちろん、ある年齢以上の方はよくご存じのことと思うが、新しい読者のために少し記しておきたい。

一九五四年、ジュリアール社は、十八歳のサガンから送られてきたこの作品の原稿を、まったくなんの宣伝もなしに出版したそうだ。ところが飛ぶように売れはじめ、一年後には部数が百万部を超えて、文壇においても「批評家賞」を受賞。本はさらなる注目を浴び、二十五か国で翻訳され、ハリウッドで映画化もされた。そしてこの映画がまたヒットしたのだ（映画はデジタル・リマスター版のDVDで入手できる）。ヒロインを演じた当時十九歳のジーン・セバーグの髪型が、「セシル・カット」と呼ばれて大流行し、『悲しみよ こんにちは』とサガンの名前は、ますます世界じゅうに広まっていった。

サガンがまだ二十歳前の若さだったことも、相乗効果を生んだようだ。神なき人間の悲惨を描いたといわれるノーベル賞作家、フランソワ・モーリヤックは「悲しみよこんにちは、青春よこんにちは」と言い、彼女を「魅力的な小悪魔（petit diable）」と絶賛したという。diableには「いたずらっ子」「おてんば娘」といった意味もあり、年少の彼女に対してそういったニュアンスも含ませていたことだろう。

しかもサガンには、ヒロインを彷彿《ほうふつ》とさせる知的な可憐《かれん》さがあった。その私生活は、作家というより当時の映画女優のように、華麗でスキャンダラス。ソルボンヌ（パリ大学文学部）の学生ではあったが、有名人が出入りする〈ナイトクラブ〉でのパーティーに黒いシンプルなドレスででかけ、大金を賭けてギャンブルをしたり、スポーツカーを飛ばしたり。タバコを吸い、ウィスキーを飲み、いつも男性たちに取りかこまれている。マスメディアも彼女を追いまわし、「サガン現象」ということばも生まれたそうだ。

だが彼女は、そんな状況に飲み込まれることなく、次々と作品を発表していった。そのどれもが話題になり、映画化されたものも多い。シャンソンや戯曲も書き、各界の才能あふれる人たちとつきあって、名実ともに大スターになっていく。『悲しみよこんにちは』は、そんな大スターのデビュー作として、多彩な作品のなかでも、ひときわ大きく光りつづけたのである。

ちなみに、一九六〇年代なかばの名曲、サイモン&ガーファンクルの『サウンド・オブ・サイレンス』も、この作品世界にインスピレーションを受けた部分があるという。たしかに〝Hello darkness, my old friend.〟（「こんにちは暗闇《くらやみ》よ、なつかしい友よ」）

という歌いだしからは、とっさに『悲しみよ こんにちは』の英語版の題名“Hello, Sadness”が思い浮かぶし、疎外《そがい》感や孤独感が立ちのぼる歌詞や、もの悲しい短調のきれいなメロディーから受ける感覚にも、重なりあうところがある（もっともこの歌は、個人的な体験や感情というより、ケネディ大統領暗殺という社会的な事件から生まれたそうだが）。

また後続の女流作家たちにも、サガンの作品は大きな影響を与えたと言われている。「新しいサガン」「日本のサガン」とうたわれた作家たちは、それぞれに雰囲気のある独特の作品で、多くの読者を得て、時代の華となった。

ところでサガン本人は、十八歳という年齢で、どのようにこの作品世界を作りあげたのだろう。冒頭のエリュアールの詩が、モチーフとしてじつにうまく使われているのは読後にわかるが、あとは「夢想や欲望や想像から引き出した」と、かつてのインタビューで述べている。

サガンは一九三五年六月二十一日に、裕福な家庭の三番目の子どもとして、フランス南西部ロート県のカジャルクで生まれた。父は工場経営者でパリにアパルトマンがあり、家族（両親と兄、姉、本人）は戦時中を除いてずっとそちらで暮していたそうだ。本名はフランソワーズ・クワレーズ。サガンというのは、愛読していたプルーストの『失われた時を求めて』からとったペンネームだという。

小さいころから本をよく読み、内気で口ごもりやすく、動物や自然は大好きだが、学校には向かない女の子だったらしい。本なら手当たり次第に読んだというが、特に十三歳の夏に読んだジッドの『地上の糧《かて》』、十四歳のときのカミュ『反抗的人間』、十六歳でのランボー『イリュミナシオン』が、作家としての「跳躍台、あるいは羅針盤としてつねにありつづけて」いたそうだ。『地上の糧』には、これからの人生で待っている無数の幸福を思って夢中になり、『反抗的人間』では、すてきな文章だと心惹かれるとともに、神がいないかわりに人間がいると知って心が軽くなったという。そして『イリュミナシオン』で、ことばの絶対的な力を発見し、これこそ一生愛するものだと感じて、自分も文学といっしょに走りたい、文学のために自分を高めたいと決意したそうだ。ほかにもサルトル、シェイクスピアが好きで、詩もエリュアールのほかアポリネールなどを長々と暗唱していたというから、十代ですでに文学的な土台がじゅうぶんできていたのだろう。ほどなく、自分でも詩や劇、中編小説などを書くようになったという。『悲しみよ こんにちは』は、そんななかの一編だったのだ。

作家になってからの私生活は、小説に勝るともおとらず、波乱万丈だった。まずデビュー三年後の一九五七年に、愛車で転落事故を起こして九死に一生を得る。このときの治療を通して麻薬中毒になり、長く苦しむこととなった。翌五八年に、二十歳年上だった出版関係者、ギィ・シェレールと結婚。二年後に離婚。その三年後の六三年に、今度はアメリカ人のボブ・ウエストフと再婚。息子ドニが誕生したが、やはり二年後に離婚。ただ、ボブとは離婚後も七年ほど一緒に暮した模様だ。

九〇年代に入ってからは、麻薬の使用や脱税が発覚して有罪判決を受けたり、親交のあった当時の大統領ミッテラン氏の外国公式訪問に同行した際、呼吸器障害を起こしてパリに移送されたりと、世間を騒がせることも多かった。

だが最後まで、文学と執筆への思いは強かったようだ。私は、文庫にも収録された彼女の小説の最後のふたつ、『愛は束縛』と『逃げ道』を訳す機会に恵まれたが、前者は彼女の恋愛小説の集大成のように感じたし、後者は戦争をテーマにしたまったく新しいタッチのもので、フランスでも高い評価を得ていた。次はどんな小説を書くのだろうと、いつも心のどこかで待っていたが、二〇〇四年九月二十四日、六十九歳で逝去。時の大統領シラク氏は「彼女の死とともに、フランスはもっとも聡明で繊細な作家のひとりを失った」と哀悼の意を表した。

そして今年の六月、早くも彼女の生涯は映画化されて、フランスで公開されたのである。亡《な》くなってからこれほど早く映画化されるのは、めずらしいことだろう。監督はディアーヌ・キュリス、主演は二〇〇三年にセザール賞最優秀女優賞を受賞したシルヴィー・テステュー。

自由に毅然《きぜん》と生きぬいたその一生は、一一七分という上映時間にとてもおさまるものではないが、姿やファッションはもちろん早口のフランス語まで、まるで彼女が憑依《ひょうい》したみたいにそっくりだと評判だったらしい。日本でも、二〇〇九年初夏に『サガン 悲しみよ こんにちは（仮題）』として、全国ロードショーの予定だ。すでに試写を見たが、愛と孤独について今も胸にしみいる彼女のことばの数々は、こんな運命のなかから紡《つむ》ぎ出されたのかと、感慨深かった。

最後に、翻訳について二、三おことわりしておきたい。まずサガンの原文は、時として段落の切れ目がなく、非常に長く続いている。半世紀前のフランスならこれでよかったのだろうが、現代の日本では、もう少し改行を行うほうがあきらかに読みやすく、また文章やそのイメージもくっきりする。かつて朝吹登水子《あさぶきとみこ》氏の版でも同様の改行が行われていたこともあり、今回も原文の息づかいを損なわないよう、というか、できれば原文の息づかいの強弱までもが伝わるよう、多少の改行を加えた。

次に、ふたつの訳語について。ひとつめは、第一部第六章に出てくる「インディアンごっこ」(原文は des jeux d'Indiens)。ふたつめは、第二部第十一章に出てくる「看護婦」(une infirmière)。どちらも時代やその場面の雰囲気として、あえて選んだことをご了解いただきたい。

ほかにもこの作品の翻訳では、迷ったり考えこんだりするところが少なからずあって、いろいろな方のお世話になった。特に、フランス語のこまかなニュアンス等の質問点に答えてくださった上智大学外国語学部フランス語学科のシモン・テュシェ先生と、新潮文庫編集部のみなさまに、ここでお礼申し上げる。

サガンは生前、作家のなににまず敏感かと聞かれて、「その声です」と答えている――声をもっている作家というものがいて、それは一行目から聞こえてくる。いちばんたいせつなものだと思う。声、あるいはトーンと呼んでもいい、と。

本書から、そんなふうにサガンの声が聞こえてくるように、そしてその声が、今の日本で、読んでくださった方の心の深いところまで届くように、訳者として心から願っている。同時に、半世紀前にこの作品を日本に紹介し、題名を『悲しみよ　こんにちは』と翻訳なさった故・朝吹登水子氏に、深い敬意と感謝をささげたい。

（二〇〇八年十一月）

サガンの洗練、サガンの虚無

小池真理子

今、私の手元には、過ぎ去った時間をたっぷりと吸い込み、セピア色に変色した『悲しみよ こんにちは』(朝吹登水子訳)の古書がある。

淡い一色遣いのシンプルな装丁で、発行元は新潮社。扉を開けると、万年筆のブルーインクで「昭和三十三年九月。名古屋にて」と縦書きに書かれてある。当時、仕事で四日市に出張することが多かった父の、コロコロと丸い、懐《なつ》かしい文字である。

父の書棚に並べられていた『悲しみよ こんにちは』を初めて手にとったのは、高校に入学してまもなくのころだ。むさぼるように読み、以後、私は、朝吹登水子氏の訳で出版されていたサガンの作品をほとんどすべて読み尽くしてしまうに至った。

「私は隠れサガンファンなの」と名文句を吐いたのは、亡《な》き森瑤子《ようこ》さんである。森さんがまだ、作家デビューを果たしたばかりのころ、電話での雑談中に耳にした。森さんは後に、「日本のサガン」とも呼ばれるようになった人だが、少し照れながら、「隠れサガンファン」を自認した時の森さんの声、口調は、今も忘れていない。

森さんからは、ちょうどひと世代下になるが、私が思春期を過ごした一九六〇年代末は、政治の季節だった。サガンの熱烈な愛読者であることを堂々と口にできる人は、意外にも少なかった。

当時、サガンと言えば、「おんなこども」の読む作家の代表格だと思われているふしがあった。「サガンが好き」と声高に告白することは、「私は典型的なプチブルであるにもかかわらず、ブルジョワジーの懶惰《らんだ》な暮らしに憧《あこが》れ、気取った物言いばかりをしたがる、中身のうすっぺらな文学少女です」と認めているのと同じだと見なされた。

本物の文学好きなら、ボリス・ヴィアンやボードレール、アンドレ・ブルトン、サルトル、カミュ、大江健三郎、高橋和巳、安部公房、倉橋由美子らに傾倒するのが当たり前だとされていた時代に、あろうことか、「おんなこども」向けとしか思えない作品ばかりを書き続けているサガンに溺《おぼ》れるなど、言語道断……といったような考え方がまかり通っていた時代でもあった。中でも、そういったことを言いたがるのは男性に多く、彼らの中では「サガン＝少女漫画」のごとき受け取り方をして、偏見に満ちた物言いをする輩《やから》も少なくなかった。

しかし、現実はどうだったかと言えば、当時の学生たちが持っていたスチール製の安っぽい書棚の中には、本当に、必ずと言っていいほど、サガンの小説がひっそりと、恥ずかしそうに並べられていた（時には、背表紙を見せないようにして！ あるいは、タイトルが見えないようブックカバーをかけられて！）。小説を読む習慣がありながら、一冊もサガンを読まずにいた人など、いなかったのではないだろうか。

全国を学園紛争の嵐《あらし》が吹き荒れていた時代だった。革命を掲げ、論じ、デモの隊列の中から火炎瓶を投げては、機動隊にジュラルミンの楯《たて》で押しつぶされそうになっていた学生も、うすぐらいジャズ喫茶で煙草《たばこ》の紫煙に包まれながら、深夜まで、どこかで聞きかじったような言葉を連ね、仲間と議論し続けていた、無精髭《ひげ》とぼさぼさの長髪をトレードマークにした男たちも、私の知る限り、皆、こっそり陰でサガンを読んでいた。

あのころ私がつきあっていたボーイフレンドは、思想的にも政治的にも急進派で、ある過激なセクトに属する活動家でもあったが、彼もまた、サガンを愛読していた。私が乏しい小遣いをはたいて買ったサガンの単行本を読み終えると彼に貸し、彼が読み終えた別の本を私が借りた。感想を手紙に綴《つづ》り合うこともあった。

闘争に命をかけ、難解な思想書や哲学書を読むことを好んでいた彼が、何故《なぜ》、サガンだったのか、と今から振り返っても、不思議である。

彼に限らず、革命とは何か、生きるとは何か、という抽象的な問いを自分に向けて投げ続け、マルクスや吉本隆明、バタイユを読む傍ら、多くの若者は夜更《よふ》けに独り、サガンを読み耽《ふけ》っていたのだ。そしてそこに、海の向こうに生きる男女のスタイリッシュな倦怠《けんたい》を感じとり、自分の中にも覚えがないわけではない、似たような、不可解な感情の群れを重ね合わせていたのだと思う。

私を含め、多くの若者たちは、「正しいこと」「健全なこと」「倫理的なこと」に反発し、そうした既成の概念やモラリティのようなものに対して、いたずらに背を向けようとしていた。再生のための破壊が称賛されていた時代でもあった。

古いものは壊され、様々な新しい文化、価値観が生まれて、世界中を席巻《せっけん》した。音楽も演劇も絵画も文学もファッションも、恋愛も生き方も、すべてが新しくなった。「自由」と「解放」は、サガンが生き、書き続けていたあの時代の、インターナショナルな共通のテーマでもあった。

だが、だからこそ、と言うべきか。そこには虚無や倦怠、といった、現代人が陥りやすい罠《わな》が待ち構えていて、いつのころからか、私たちはそれらに苦しめられ始めた。当時、若い世代を中心にして人気があった作家の作品には、必ずといっていいほど、心の内の虚無を観察し続ける者や、倦怠と戦い続ける人間が描かれていたと言っていい。

戦後生まれの世代が思春期にさしかかって遭遇した、その「現代の虚無」の中に、サガンの作品は、不思議なほど自然な形で溶けこんできたのである。

パリに生まれ、「おんなこども」向けに都会的でしゃれた、ブルジョワの恋愛小説を書くだけの作家、と思われがちだったサガンだが、真に彼女が書こうとしていたのは、恋愛ではなく、恋愛を通して描く、「現代の虚無」ではなかったか、と私は思っている。

一度でもサガンを読んだことのある読者なら、作品の中に漂っている虚無の香りに気づかないはずはない。それは、これ以上ないほど洗練された描写の中にまぎれこみ、目を凝《こ》らさないとはっきりとは見えてこない。

作者であるサガン自身も、その、目に見えないブラックホールのような人生の虚無に、幼いころから気づいていて、怯《おび》えに近い感情を抱いていたのではないか。サガンの作風を語る時に欠かすことのできない「洗練」は、彼女の内部に横たわって終生消えずにいた小さな闇《やみ》から自然発生的に生まれ、作者自身の悲しみ苦しみと共に、いっそう、その度合いを深めていった、とは言えないだろうか。

さて、『悲しみよ こんにちは』というタイトルは、ポール・エリュアールの詩の一節から取られている。

サガンはタイトルを彼女が愛した詩の中から持ってくることが多かった。あの時代、新潮社から立て続けに刊行されたサガンの一連の作品のうち、『冷たい水の中の小さな太陽』というタイトルも、エリュアールの詩の一節であった。

サガンファンの私が好んでエリュアールを読み出したのも、そのことを知ってからである。学校をさぼり、喫茶店に入って、サガンをまねた文体（もちろん、フランス語ではなく、朝吹登水子氏の訳文によるもの）で、コクヨの原稿用紙に散文詩のようなものを書きつらね、書くことに飽きると、次はエリュアールの詩集を開いた。そうやって、独りで過ごすひとときは至福だった。

告白すると、私は作家になってから二度ばかり、サガンをまねて、フランスの詩人の詩の一節を自作のタイトルにしたことがある。一度目は、『ひるの幻 よるの夢』（ヴェルレーヌ）。二度目は、『薔薇いろのメランコリヤ』（アポリネール）。

若いころから、夢みていたことだった。本が出来あがってきた時には、やっとサガンのまねができた、と思い、独り悦に入ったものだ。

あの時代、「革命」という美名のもと、生まじめに逸脱していった多くの若者たちが、男女を問わず、どこかでサガンを読んでいたのだ、と思うと、今もしみじみと胸に迫ってくるものがある。

革命家も、演劇青年も文学少女も、さらに言えば、企業に勤めるサラリーマンだった若かりしころの私の父も、皆、サガンを読んでいた。そして、サガンの洗練された文体で描かれる男女間の心もようや都会的倦怠に接し、男女の有り様《よう》がこれから、何か新しいもの、別なものに向かっていく予感——洒落《しゃれ》ていながらも、どこかいっそう深く虚無的なものに向かっていくのだろう、と思わせる文学的予感——を覚え、感動に身を震わせていたのである。

私がサガンを読みふけっていたころから数えて、驚くことに四十年近い歳月が流れた。サガンと言えば、朝吹登水子氏であり、我々日本人にとっては、朝吹氏の文体が、即ちサガンであった。

いつからか、翻訳権を独占していた新潮社の棚から、サガンの作品が相次いで姿を消し、さびしく思っていた二〇〇四年九月、サガンの訃報《ふほう》を耳にした。サガンの愛読者の多い日本において、追悼の意味でも、サガン作品が改めて大々的に並べられるか、と思いきや、思っていたほどでもなく、何とはなしにそのまま時が流れ、サガンの後を追うようにして、訳者の朝吹登水子氏も他界した。

これでもう、サガンは次世代の読者の目に触れないまま、消えてしまうのだろうか、と無念の思いにかられていた矢先、『悲しみよ　こんにちは』が新潮社から新訳で文庫刊行されることを知り、思わず快哉《かいさい》を叫んだ。

朝吹氏の後を継いだのは、翻訳家の河野万里子氏である。訳文がさらに現代的なものになって甦《よみがえ》り、文章がよりいっそう、こなれた形で表現されて、ここに新たな「河野版サガン」が誕生したことを大変嬉《うれ》しく思う。

これを機に、新潮社が他のサガン作品もできるだけ多く新訳で刊行し、サガンが残した貴重な足跡を余すところなく、次代に繋《つな》げてくれるよう、切に願ってやまない。

（二〇〇八年十一月、作家）

サガン
朝吹登水子訳

ブラームスはお好き

美貌の夫と安楽な生活を捨て、人生に何かを求めようとした三十九歳のポール。孤独から逃れようとする男女の複雑な心模様を描く。

サン＝テグジュペリ
堀口大學訳

夜間飛行

絶えざる死の危険に満ちた夜間の郵便飛行。全力を賭して業務遂行に努力する人々を通じて、生命の尊厳と勇敢な行動を描いた異色作。

サン＝テグジュペリ
堀口大學訳

人間の土地

不時着したサハラ砂漠の真只中で、三日間の渇きと疲労に打ち克って奇蹟的な生還を遂げたサン＝テグジュペリの勇気の源泉とは……。

サン＝テグジュペリ
河野万里子訳

星の王子さま

世界中の言葉に訳され、60年以上にわたって読みつがれてきた宝石のような物語。今まで最も愛らしい王子さまを甦らせた新訳。

D・ウィリアムズ
河野万里子訳

自閉症だったわたしへ

いじめられ傷つき苦しみ続けた少女は、居場所を求める孤独な旅路の果てに、ついに「生きる力」を取り戻した。苛酷で鮮烈な魂の記録。

テリー・ケイ
兼武　進訳

白い犬とワルツを

誠実に生きる老人を通して真実の愛の姿を美しく爽やかに描き、痛いほどの感動を与える大人の童話。あなたは白い犬が見えますか？

堀口大學訳
アポリネール詩集
失われた恋を歌った「ミラボー橋」等、現代詩の創始者として多彩な業績を残した詩人の、斬新なイメージと言葉の魔術を駆使した詩集。

堀口大學訳
ヴェルレーヌ詩集
不幸な結婚、ランボーとの出会い……数奇な運命を辿った詩人が、独特の音楽的手法で心の揺れをありのままに捉えた名詩を精選する。

B・ヴィアン
曾根元吉訳
日々の泡
肺に睡蓮の花を咲かせ死に瀕する恋人クロエ。愛と友情を語る恋人たちの、人生の不条理への怒りと幻想を結晶させた恋愛小説の傑作。

ヘッセ
高橋健二訳
知と愛
ナルチスによって、芸術に奉仕すべき人間であると教えられたゴルトムント。人間の最も根源的な欲求である知と愛を主題とした作品。

堀口大學訳
コクトー詩集
新しい詩集を出すたびに変貌を遂げた才気の詩人コクトー。彼の一九二〇年以降の詩集『寄港地』『用語集』などから傑作を精選した。

サリンジャー
村上春樹訳
フラニーとズーイ
どこまでも優しい魂を持った魅力的な小説……『キャッチャー・イン・ザ・ライ』に続くサリンジャーの傑作を、村上春樹が新訳！

カミュ
窪田啓作訳
異邦人

太陽が眩しくてアラビア人を殺し、死刑判決を受けたのちも自分は幸福であると確信する主人公ムルソー。不条理をテーマにした名作。

カミュ
清水徹訳
シーシュポスの神話

ギリシアの神話に寓して"不条理"の理論を展開、追究した哲学的エッセイで、カミュの世界を支えている根本思想が展開されている。

カミュ
宮崎嶺雄訳
ペスト

ペストに襲われ孤立した町の中で悪疫と戦う市民たちの姿を描いて、あらゆる人生の悪に立ち向うための連帯感の確立を追う代表作。

カミュ
高畠正明訳
幸福な死

平凡な青年メルソーは、富裕な身体障害者の"時間は金で購われる"という主張に従い、彼を殺し金を奪う。『異邦人』誕生の秘密を解く作品。

カミュ・サルトル他
佐藤朔訳
革命か反抗か

人間はいかにして「歴史を生きる」ことができるか——鋭く対立するサルトルとカミュの間にたたかわされた、存在の根本に迫る論争。

カミュ
大久保敏彦
窪田啓作訳
転落・追放と王国

暗いオランダの風土を舞台に、過去という楽園から現在の孤独地獄に転落したクラマンスの懊悩を捉えた「転落」と「追放と王国」を併録。

ラディゲ
生島遼一訳
ドルジェル伯の舞踏会
貞淑の誉れ高いドルジェル伯夫人とある青年の間に通い合う慕情——虚偽で固められた社交界の中で苦悶する二人の心理を映し出す。

肉体の悪魔
ラディゲ
新庄嘉章訳

第一次大戦中、戦争のため放縦と無力におちいった青年と人妻との恋愛悲劇を描いて、青春の心理に仮借ない解剖を加えた天才の名作。

狭き門
ジッド
山内義雄訳

地上の恋を捨て天上の愛に生きるアリサ。死後、残された日記には、従弟ジェロームへの想いと神の道への苦悩が記されていた……。

田園交響楽
ジッド
神西清訳

彼女はなぜ自殺したのか？ 待ち望んでいた手術が成功して眼が見えるようになったのに。盲目の少女と牧師一家の精神の葛藤を描く。

泥棒日記
J・ジュネ
朝吹三吉訳

倒錯の性、裏切り、盗み、乞食……前半生を牢獄におくり、言語の力によって現実世界の価値を全て転倒させたジュネの自伝的長編。

椿姫
デュマ・フィス
新庄嘉章訳

椿の花を愛するゆえに〝椿姫〟と呼ばれる、上品で美しい娼婦マルグリットと、純情多感な青年アルマンとのひたむきで悲しい恋の物語。

スタンダール
大岡昇平訳
パルムの僧院（上・下）

〝幸福の追求〟に生命を賭ける情熱的な青年貴族ファブリスが、愛する人の死によって僧院に入るまでの波瀾万丈の半生を描いた傑作。

スタンダール
小林正訳
赤と黒（上・下）

美貌で、強い自尊心と鋭い感受性をもつジュリヤン・ソレルが、長年の夢であった地位をその手で摑もうとした時、無惨な破局が……。

スタンダール
大岡昇平訳
恋愛論

豊富な恋愛体験をもとにすべての恋愛を「情熱恋愛」「趣味恋愛」「肉体的恋愛」「虚栄恋愛」に分類し、各国各時代の恋愛について語る。

ゾラ
古賀照一訳
居酒屋

若く清純な洗濯女ジェルヴェーズは、職人と結婚し、慎ましく幸せに暮していたが……。十九世紀パリの下層階級の悲惨な生態を描く。

ゾラ
川口篤
古賀照一訳
ナナ

美貌と肉体美を武器に、名士たちから巨額の金を巻きあげ破滅させる高級娼婦ナナ。第二帝政下の腐敗したフランス社会を描く傑作。

アベ・プレヴォー
青柳瑞穂訳
マノン・レスコー

自分を愛した男にはさまざまな罪を重ねさせ、自らは不貞と浪費の限りを尽してもなお、汚れを知らない少女のように可憐な娼婦マノン。

バルザック
石井晴一訳
谷間の百合

充たされない結婚生活を送るモルソフ伯爵夫人の心に忍びこむ純真な青年フェリックスの存在。彼女は凄じい内心の葛藤に悩むが……。

バルザック
平岡篤頼訳
ゴリオ爺さん

華やかなパリ社交界に暮す二人の娘に全財産を注ぎこみ屋根裏部屋で窮死するゴリオ爺さん。娘ゆえの自己犠牲に破滅する父親の悲劇。

フローベール
芳川泰久訳
ボヴァリー夫人

恋に恋する美しい人妻エンマ。退屈な夫の目を盗み重ねた情事の行末は？　村の不倫話を芸術に変えた仏文学の金字塔、待望の新訳！

ボードレール
三好達治訳
巴里の憂鬱

パリの群衆の中での孤独と苦悩を謳い上げた50編から成る散文詩集。名詩集「悪の華」と並んで、晩年のボードレールの重要な作品。

堀口大學訳
ボードレール詩集

独特の美学に支えられたボードレールの詩的風土――「悪の華」より65編、「巴里の憂鬱」より7編、いずれも名作ばかりを精選して収録。

ボードレール
堀口大學訳
悪の華

頽廃の美と反逆の情熱を謳って、象徴派詩人のバイブルとなったこの詩集は、息づまるばかりに妖しい美の人工楽園を展開している。

モーパッサン
新庄嘉章訳
女の一生

修道院で教育を受けた清純な娘ジャンヌを主人公に、結婚の夢破れ、最愛の息子に裏切られていく生涯を描いた自然主義小説の代表作。

モーパッサン
青柳瑞穂訳
脂肪の塊・テリエ館

〝脂肪の塊〟と渾名される可憐な娼婦のまわりに、ブルジョワどもがめぐらす欲望と策謀の罠——鋭い観察眼で人間の本質を捉えた作品。

青柳瑞穂訳
モーパッサン短編集
(一・二・三)

モーパッサンの真価が発揮された傑作短編集。わずか10年の創作活動の間に生み出された多彩な作品群から精選された65編を収録する。

モリエール
内藤濯訳
人間ぎらい

誠実であろうとすればするほど世間とうまく折り合えず、恋にも破れて人間ぎらいになっていく青年を、涙と笑いで描く喜劇の傑作。

ユゴー
佐藤朔訳
レ・ミゼラブル
(一～五)

飢えに泣く子供のために一片のパンを盗んだことから始まったジャン・ヴァルジャンの波乱の人生……。人類愛を謳いあげた大長編。

堀口大學訳
ランボー詩集

未知へのあこがれに誘われて、反逆と放浪に終始した生涯——早熟の詩人ランボーの作品から、傑作「酔いどれ船」等の代表作を収める。

Title : BONJOUR TRISTESSE
Author : Françoise Sagan

悲《かな》しみよ こんにちは

新潮文庫　サ－2－28

Published 2009 in Japan
by Shinchosha Company

平成二十一年一月一日発行
令和四年六月五日十一刷

訳者　河《こう》野《の》万《ま》里《り》子《こ》
発行者　佐藤隆信
発行所　株式会社新潮社

郵便番号　一六二―八七一一
東京都新宿区矢来町七一
電話　編集部（〇三）三二六六―五四四〇
　　　読者係（〇三）三二六六―五一一一
http://www.shinchosha.co.jp

価格はカバーに表示してあります。

乱丁・落丁本は、ご面倒ですが小社読者係宛ご送付ください。送料小社負担にてお取替えいたします。

印刷・錦明印刷株式会社　製本・株式会社大進堂

ISBN978-4-10-211828-3 C0197